D0896731

Nina Bouraoui

La voyeuse interdite

Gallimard

Nina Bouraoui est née le 31 juillet 1967 à Rennes. Elle a reçu pour son premier roman *La voyeuse interdite* le prix Inter 1991. Depuis elle a publié *Point mort, Le jour du séisme, Garçon manqué, La vie heureuse, Poupée Bella* et *Mes mauvaises pensées* qui a été récompensé par le prix Renaudot 2005.

Ce matin, le soleil est plus haut. Hautain je dirais. Juché sur un trône invisible, il déverse son énergie dans ma rue qui se détache orgueilleusement du reste de la ville. Epicentre de l'aventure, c'est ici que tout se passe pour cette femme cachée derrière sa fenêtre, pour cet épicier rougeaud assis sur son tabouret, pour cet homme guettant un rideau clos, pour ces petits et petites qui courent dans un rectangle bien délimité par des bâtisses sombres et anguleuses.

On hurle, on flâne, on regarde, on triche, on vole. Et ils violent. Le reste n'existe plus ; au loin, il y a juste un port sans lumière qu'animent des sirènes lugubres, un lieu d'arrêt entre le rien et le rien, une passerelle jetée dans le vide dont personne ne connaît le bout.

Sans effort, j'arrive à extraire des trottoirs un geste, un regard, une situation qui me donnent plus tard la sève de l'aventure. L'imagination part de presque rien, une fenêtre, un trolley, une petite fille et son curieux sourire, puis, là, s'étale devant moi un nouveau tapis d'histoires tissé de mots et de maux que je stoppe avec un nœud grossier : le lyrisme. Je ne suis pas dupe de ma vision des choses. A mon gré, elles se travestissent, s'arrachent à la banalité du vraiment vrai, elles se réclament, s'interchangent et, une fois le masque posé sur leur étrange figure immuable, elles se donnent en spectacle. Le passant croise les pantins farceurs de l'imagination sans même les voir. Accouplées, les choses enfantent l'erreur, l'horreur ou la beauté. C'est selon. Pour le fou, une journée ensoleillée peut être glaciale et la pluie brûlante ! L'illusion fait de fameux tours de passe-passe en passant de la magie au réel avec un regard avide et un ricanement digne de la bouche de Satan !

Le mensonge s'insurge un jour dans votre vie. Difficile de savoir. Balancier infatigable, il cogne entre les deux sphères opposées, rebondit sur le plus puis sur le moins mais c'est toujours la vitre du réel qui se brise en premier, et nous nous laissons alors déporter par notre propre jeu vers un voyage sans valise. Ma rue est le support de l'aventure, la trame, l'obscur tableau où s'inscrit une prose indéchiffrable pour le badaud. Il faut prendre le temps d'observer, ne pas côtoyer sans voir, ne pas effleurer sans saisir, ne pas cueillir sans sentir, ne pas pleurer sans aimer ni haïr. L'important est l'histoire. Se faire une histoire avant de regarder le vrai. Réelle, irréelle, qu'importe ! Le récit entoure la chose d'un nouvel éclat, le temps y dépose un de ses attributs privilégiés, mémoire, souvenir ou réminiscence, le hasard peaufine l'œuvre et la chose prend forme. Enfin, là, on a une aventure. Que peut-on raconter sinon une histoire ?

Je ne pourrai jamais quitter ma rue. Je fais corps avec elle comme je fais corps avec ces filles des maisons voisines. Chaque nuit, à tour de rôle, compagnes fidèles sans nom ni visage, nous nourrissons nos âmes d'un nouvel élan strictement spirituel ; les Mauresques plaintives se renvoient le murmure du semblable, l'hymne à la douleur commune, il faut être attentive et vigilante afin de l'attraper au vol avant qu'il ne s'écrase sur la chaussée séparatrice.

Un jeu d'ombres, de lumières et de nuances habiles entre le clair et l'obscur révèle la présence des jeunes filles avides d'événements, encadrées par leurs fenêtres, debout, droites et sérieuses derrière la popeline des rideaux clos, elles ornent comme des statues érigées à la gloire du silence et de l'aparté les immeubles vétustes ; réduites à l'état de pierre inanimée, prêcheuses muettes, guetteuses clandestines, vicieuses ignorantes suspendues par un fil divin au-dessus de la chaussée des fantasmes, elles narguent les hommes, le désir et la promiscuité. Appâts, moqueuses, voleuses d'images, elles sont cerclées d'interdits et protégées par une loi qu'on ne peut transgresser, la mère inquiète veille, le père dictateur ordonne : malheur à celui qui fixera pendant trop longtemps le corpus féminin dessiné dans les doublures des rideaux ! ses yeux se transformeront en sexe de vieille bonne, immonde et délaissé, le sang reviendra jaillir des orbites au blanc crevé et, aveuglé par des formes irréelles, l'homme mourra de ses larmes impures. Sur son front, on pourra lire écrit en noir : HARAM*!

Qui doit-on condamner ? Qui est le plus à plaindre ? Les hommes au désir vagabond et peu exigeant ? Chacals citadins, violeurs de conscience, l'œil chercheur aidé par un dard dressé en radar balayeur d'espace comme un cyclope attentif qui intuitionne les angles aveugles, ses bras ballants en signe de découragement, son sexe lourd et encombrant se déversant sur lui ou sur son semblable devant une fillette à la fois horrifiée et fascinée par le colimaçon sans tête ni yeux ?

Esclaves du sexe ne cherchez pas, vous ne trouverez jamais un regard complice, le voile jeté sur les choses et vos femmes ne s'arrache pas si facilement !

Et nous jeunes filles ? Que faisons-nous pendant ce temps-là ? Ce temps perdu ! Fantômes de la rue, animaux cloîtrés, femmes infantiles ! Muses inassouvies ! laissez-moi rire ! jalouses de nos sens et de notre beauté nous entretenons une

* *Haram* : interdit.

fausse pureté. Oui je le dis, fausse! Venez hommes! venez vous reposer de votre quête sans succès sur le creux de nos ventres, venez admirer les embryons d'impureté germer loin de vos caresses! venez sentir l'âcre parfum du vice et de la décadence qui embaume nos jardins solitaires et délaissés! attrapez des fenêtres les rêves des Mauresques qui s'imaginent sous leurs couvertures un ballet de verges insatiables aussi cinglantes que le fouet du père, aussi coupantes que la faux de la mort.

Où est l'indécence? Dans la rue, derrière nos rideaux ou entre les lignes du livre sacré? D'où vient l'erreur? De la nature qui a voulu faire dans la nuance?! deux sexes dérisoirement différents... et votre main chercheuse de sexes, est-elle plus laide que la blessure qui saigne entre nos cuisses? Qui est le coupable? Un Dieu assoupi depuis longtemps, ma mère sous le corps de mon père ou Vous, les campagnardes au sexe cousu? D'où vient la faille de notre civilisation? Des femmes jalouses de leurs filles, des hommes qui hantent le parvis de la capitale ou du verdict final? Adolescentes, vous vivez dans l'ombre d'une déclaration fatale, votre jeunesse est un long procès qui s'achèvera dans le sang, un duel entre la tradition et votre pureté. Pures trop impures! franchement vous ne faites pas le poids! pensez au lourd fardeau du temps qui entraîne inlassablement dans son cycle infernal des torrents de règles, de coutumes, de souvenirs, de réflexes, d'habitudes, des torrents de boue dans lesquels s'ensevelit votre sexe déjà coupable à la naissance. Gouffre de l'a priori et de l'inné! Qui doit payer? Vous, grand-mères au doigt inquisiteur, détective de fautes et de souillures, vous les « rabat-plaisir », moralistes à la gomme, bourreaux obsédés par la similitude, voleuses d'extases, empêcheuses d'amour! Nous, les duplicatas exacts de la première génération, pécheresses passives et soumises! toi drap maculé de sang et d'honneur? Dans ton tissu se dessine à l'encre carmin l'espoir et la crainte des mères, des pères, de l'homme, de la patrie, de l'histoire!

Regardez nos âmes! elles sont gangrenées, sondez nos esprits au lieu de vous engouffrer amers et désireux dans notre cavité, impasse aspirante et inspiratrice! oui le corps reste intact mais bon Dieu, la pureté ne se borne pas à un dérisoire écoulement de sang! La nuit le rideau se déchire et je les entends ces hyènes affamées, ces prétendues figures de vertu! La toile de muqueuse se déchire par les branles de l'esprit, et nos plaintes narguent la jeunesse de la rue sans femme; pauvres mâles, pauvres vieux, pauvre père, comme je vous plains!

Un message? Oui. Descendez de vos tanières, ne perdons plus notre temps et le leur, désorientons avec courage le cours de la tradition, nos mœurs et leurs valeurs, arrachons rideaux et voiles pour joindre nos corps!

14

Et un carnaval de mains brisera les vitres, brisera le silence.

Un lit à un seul creux, un pot de terre sans fleur et une vulgaire pendulette amputée de sa grande aiguille sont mes fidèles compagnons de veille. Persécutée par des cauchemars sanglants, l'obscurité et le calme anormal de la nuit, je somnole dans la lumière artificielle que filtre maladroitement un abat-jour jaunâtre. Le cône poussiéreux de ma lampe de chevet laisse s'échapper des rayons désobéissants qui valsent sur le carreau de ma fenêtre avant de venir s'écraser contre le plafond : ultime limite imposée aux danseurs noctambules. La journée, j'erre dans la solitude comme un chien abandonné de ses maîtres dont l'unique jouissance est de tirer sur sa chaîne pour avoir encore plus mal ! retranchée derrière toutes sortes d'ouvertures, je regarde, j'ausculte, je dévisage pour rendre laid le sublime, sombre le soleil, banales les situations les plus complexes, pauvres les ornements les plus riches. Je compte les trolleys, les enseignes, les voitures, les badauds. J'attends l'événement, le sang, la mort d'une fillette imprudente ou d'un vieillard étourdi, je suis l'œil indiscret caché derrière vos enceintes, vos portes, vos trous de serrure afin de dérober un fragment de Vie qui ne m'appartiendra jamais ! je détaille mes cibles avec une sonde et un verre grossissant, j'arrache les vêtements, taillade la peau, je creuse jusqu'aux chairs, je dissèque, dépèce, sépare, je désosse et recolle les bouts détachés, je taille en pointe et ressoude le tout quand il n'y a plus rien à découvrir, je fais de leurs viscères une « mappe-vie » où serait établie une biographie intéressante à parcourir ; bref, je m'ennuie ! Mon avenir est inscrit sur les yeux sans couleur de ma mère et les corps aux formes monstrueuses de mes sœurs : parfaites incarnations du devenir de toutes les femmes cloîtrées !

Ma demeure a le calme d'un fond marin tapissé d'algues vénéneuses, le mutisme de la mort ! rejetées de la surface, les plantes meurtrières se meuvent en silence en évitant de se toucher, crachent le venin fatal au beau visage de la Vie puis portent avec disgrâce le deuil de leur victime. Avec cette toile de fond plus grise que ma jeunesse, je suis devenue l'ombre d'un tableau raté. La tristesse est une substance vivante qui s'est fondue aux traits de mon visage, un menton incroyablement pointu plonge dans un cou granuleux, mes grands yeux indiscrets tombent sur des os saillants, le derme des joues est de texture parfaite mais sa couleur ressemble à celle d'une poire pourrie. Le désarroi a contaminé les formes faciales et je nomme mes disgrâces : maux de la Beauté.

Invincible tristesse ! elle rend le temps statique comme un bloc de plomb contre lequel je me heurte, me frotte et me blesse tous les jours ; poisseuse, elle suinte du Très-Haut ; maligne, elle durcit sur le sol de ma chambre et sur les trottoirs de la ville gangrenée. Barrant la route aux petites et grandes âmes, changeant le visage de la force en un rictus simiesque nommé faiblesse, elle me rend veule, irritable, sombre et sourde. Elle commande. Je subis. Tout retombe alors. La lumière, l'envie, l'espoir se meurent dans le fond d'une poubelle sous les immondes ordures du quotidien. Il faut attendre que ça passe mais les instants sadiques, eux, ne sont pas pressés, ils se défont les uns des autres pour remonter à contre-courant le cours du temps, demain devient hier et aujourd'hui n'est qu'un intermédiaire entre le semblable et le semblable.

La tristesse me donne bien des mots et des maux, je la touche du bout des doigts et l'empoigne parfois, je bois dans sa coupe et elle me couvre de ses ailes à l'envergure inhumaine, elle enfreint les lois, scalpe la joie, elle transforme les autres en ombres, en empreintes d'ombres, en filtres invisibles, en Noir. La stérilité de mon existence a germé dans le ventre de ma mère, celle de mes petites germera dans le mien. Mes pauvres filles, comme je vous plains, moi, la fautive qui vous enfanterai !

Des femmes serrées les unes contre les autres comme des poules craintives caquettent sous l'abri d'un arrêt d'autobus. Un œil curieux, une bouche tordue, un bras agité donnent vie aux paquets de chair ficelés dans des voiles grisâtres ; vus de ma fenêtre, les fantômes borgnes paraissent asexués mais, si on les observe avec plus d'attention, on devine, se tortillant sous le costume traditionnel, des formes trop grasses pour être masculines. Elles ricanent, jurent, injurient sous la petite vitrine béante, elles couvrent leur visage pour dissimuler la joie enfantine de se retrouver une fois de plus là, à la même heure, autour de ce banc cassé. Les voiles tombent sur des sandalettes de plastique, s'enroulent autour de l'anse d'un couffin vide ou se faufilent entre les sacs à main aux boucles lumineuses, les petites torches à peine enflammées tournoient comme des lucioles réveillées par l'ombre des femmes, farce de la Vie !

Relié au ciel par de longues branches métalliques, le trolley enflé de monde arrive. Ses antennes s'étirent, se plient puis se stabilisent, les soufflets tendus à mort se relâchent en une vieille peau noire d'animal à cornes, les portes s'ouvrent sur la rue et déversent sans pitié un flot de voyageurs sur l'asphalte. Pantalons, voiles, tignasses rousses et noires tentent de se démêler pour attraper la rampe du marchepied mais les femmes de l'arrêt les ont déjà supplantés pour une nouvelle course. Le chauffeur fait gronder une dernière fois son véhicule tout en épongeant son crâne sans casquette, les portes cruelles se referment, des enfants calés entre les deux wagons, qu'un membre mobile relie, rigolent de leur très prochaine chute.

Le trolley avance, aveugle et chancelant sur la piste tracée, les têtes des voyageurs collées aux vitres et parois de fer ressemblent à celles de monstres mis sous bocaux pour une longue, une très longue conservation et la roulotte de l'horreur s'enfonce dans le cœur de la ville où la Vie bat. Les passagers floués se dispersent dans ma rue, les femmes en colère discutent bruyamment devant le panneau des horaires erronés, rajustent leurs voiles et crachent d'indignation sur le trottoir qui les accueillait avec dureté trois minutes avant ; certaines suivent des yeux le monstre bleu s'éloignant de l'arrêt, d'autres, la rage au coin des lèvres brandissent leurs poings dans le vide ; les hommes courent en hurlant derrière la machine indifférente, vociferent des phrases incompréhensibles où se mêlent insultes, prières et calomnies, les enfants feintent en coupant par les ruelles perpendiculaires au trajet normal afin de le rejoindre ou de le devancer mais la majorité d'entre eux ont déjà abandonné blouses et cartables au pied d'un mur pour participer aux jeux des gamins de mon quartier. A l'aide d'emballages de lait Gloria, les garçons se fabriquent des ballons de foot, les boules de plastique roulent, plongent, crèvent dans le caniveau ou sous le pied d'un maladroit créant des disputes hautes en mots et en gestes mais qui laissent cependant indifférents les hommes de ma rue.

Je les connais bien ces prisonniers de la ville, chacun a sa place réservée, une part dérisoire de fausse liberté ! accrochés aux murs, les mains écartées en éventails de chair incrustés dans la pierre, ils observent trois fillettes à cheval sur une caisse de plastique orange en train de jouer avec les pieds d'une table que le temps a fracassée. L'une d'entre elles, en nage, inconsciemment provocatrice, s'en va gambader autour d'une canalisation éclatée ; l'eau détournée fouette ses petites jambes d'enfant ; elle baisse la tête et, avec un air appliqué, observe le parcours du jet qui remonte le galbe de ses cuisses pour disparaître sous les plis d'une jupe fleurie.

Le soleil s'empare des murs. Les voyeurs se

concertent puis se détachent péniblement de la pierre. Ils déambulent à la recherche du sombre en montrant des dents jaunes, pincent leur sexe en signe de puissance et s'adossent contre le portail de notre maison. Je ne distingue plus que des tignasses brunes ; les aisselles masculines déversent dans l'espace et son temps un parfum acide qui enivre tous les enfants ; les fillettes continuent à jouer autour des piliers du vice ; moi, je reste tapie derrière ma fenêtre. Là, spectatrice clandestine suspendue au-dessus de la ville, je ne risque rien.

Ils m'attendent. Je le sais depuis longtemps. A la main crispée de ma mère lorsque nous sortions, à ses épaules voûtées afin de dissimuler les moindres attributs féminins, à son regard fuyant devant les hordes d'hommes agglutinés sous les platanes de la ville sale, j'ai vite compris que je devais me retirer de ce pays masculin, ce vaste asile psychiatrique. Nous étions parmi des hommes fous séparés à jamais des femmes par la religion musulmane, ils se touchaient, s'étreignaient, crachaient sur les pare-brise des voitures ou dans leurs mains, soulevaient les voiles des vieillardes, urinaient dans l'autobus et caressaient les enfants. Ils riaient d'ennui et de désespoir.

A mon tour, je baissais les yeux devant les jeunes garçons qui descendaient leurs braguettes en nous voyant ; ma mère, muette, laissait courir sur son corps cinq doigts étrangers. On ne pou-

21

vait rien dire, les femmes qui sortaient dans la rue étaient des poufiasses!

Ils vivaient en l'an 1380 du calendrier hégirien, pour nous, c'était le tout début des années soixante-dix. Devant l'anachronisme grandissant de la vie de ces hommes, il fallut prendre une décision. Ferme et définitive. Dès la puberté, les femelles de la maison durent vivre cachées derrière les fenêtres d'un gynécée silencieux où le temps avait perdu sa raison d'être. Les heures s'écoulaient lentement puis finirent par disparaître, anéanties par l'irréalité de notre existence!

Notre maison est un héritage de mon grand-père, un marchand de primeurs réputé dans la capitale. Jadis, notre quartier était résidentiel, mais depuis quelques années des bidonvilles viennent s'y greffer; par manque d'argent, les citernes et les écoulements d'égout n'ont jamais été entretenus d'où cette terrible odeur de cadavre en décomposition très avancée remontant des trottoirs lors des grandes chaleurs du mois d'août. Perdue au milieu d'immondices et de gravats, posée par je ne sais quelle force étrangère sur ce tas d'ordures, munie de beaux volets bleus attachés à une pierre impeccable, ma maison contraste de l'extérieur avec les habitations adjacentes.

Le rez-de-chaussée se compose d'un salon trop bien rangé, d'un vestibule sans couleur et d'une petite cuisine à peine désordonnée ; les fenêtres du salon sont condamnées par un large drap à une place tenant grâce à douze punaises savamment enfoncées dans le papier peint. Les premières sourates du Coran sont gravées sur les portes des coffrets kabyles, dans le fond des plateaux de cuivre et sur tout le contour de la représentation graphique d'un monument religieux qui trône au-dessus de nos têtes pour nous surveiller. Une main de femme en acier est posée sur un napperon dentelé afin de conjurer le mauvais sort, les franges du tapis central sont soigneusement peignées vers la gauche, une vieille odeur de cuisine a imprégné murs, drap protecteur, poufs et coussins que la constante fraîcheur du salon n'arrive même plus à chasser. Nous mangeons accroupis autour d'une table basse avec un seul pied pour la soutenir, nos jambes croisées se frôlent parfois mais aucune parole, aucun regard ne trahit le silence un peu solennel imposé par l'homme de la maison. Un canapé bleu aux accoudoirs imposants jure avec la laine multicolore des tapis et carpettes qui recouvrent le carrelage ; ocre, jaunes, rouges, orangées, mordorées, multiples sont les facettes de nos laines du Sud semblables à des images kaléidoscopiques un peu ternies par le manque de lumière naturelle.

Nos chambres, toutes précisément carrées, sans la moindre trace de couleur, se ressemblent ; une couverture marron sert de couvre-lit, une carpette, en peau retournée, de descente de lit, un rideau à fleurs plus très fraîches dissimule le petit cabinet de toilette, les fenêtres sont étroites mais efficaces. Malgré l'austérité, quelques indices personnalisent cependant nos cellules respectives, Zohr a toujours sur sa table de chevet son livre sacré, une bouteille d'alcool à 90, un rouleau de bande-gaze, et un pot de henné, Leyla, elle, a enfoui tous ses objets dans une mallette en tissu écossais : vieilles factures, cailloux, chutes de tissu, poussières remplissent sa petite valise que personne n'ose ouvrir tant elle semble sale et secrète. La chambre de mes parents comporte un placard supplémentaire, une commode râpée sur le dessus, le lit est plus large, plus creusé que les nôtres.

Au-dessus de mon bureau, une nageuse en costume de bain d'époque est plaquée contre le mur. Un cadre de bois contourne la sculpture de chair, des pétales cristallisés dorent ses pourtours mais, si on regarde de plus près, c'est en fait l'eau d'un dernier plongeon qui court sur sa peau.

Près de ma chambre, il y a un jardin d'hiver. Paradoxal penserez-vous dans ce pays où la chaleur ne fait jamais défaut ! A l'origine, le jardin d'hiver était une belle terrasse ensoleillée ; un beau matin, mon père décida, seul, de la condam-

24

ner. Motif? Les hommes de la rue pouvaient nous apercevoir! Avec leur tige sèche en guise de vaillant gardien, les plantes de la serre poussiéreuse sont semblables à des monstres miniatures qui s'obstinent à vivre en se contentant d'un demi-verre d'eau quotidien. Feuilles mortes et mauvaises herbes s'enroulent autour des racines atrophiées qui attendent en vain l'apparition d'un soleil régénérateur. Aucun espoir pauvres plantes! ma mère ne se cache même plus pour arracher les rares fleurs arrivant à terme! effrayée par ce qu'on appelle banalement les choses de la nature, elle s'acharne quotidiennement sans remords sur les misérables pousses de couleur. Comprenez bien! la fornication florale pourrait me donner des idées! malgré ses treize couches dont dix immondes disparues dans les galeries obscures de la tuyauterie, le sexe est une fleur maudite plantée entre les deux cornes de Satan! Comble du paradoxe, elle sera tout près de moi la nuit de mes noces sanglantes. Auteur du terrible complot, elle attendra, anxieuse, derrière la porte de la chambre nuptiale le déchirement honorifique qui ne flattera que son orgueil de mère. Elle guettera mes moindres soupirs, mes moindres soubresauts, puis tambourinera à la porte, trop impatiente de brandir le drap taché : signe infaillible de ma parfaite éducation. Et les youyous de la famille se mêleront aux cris de joie d'une mère confiant sa progéniture à un inconnu. Meurtrière maman!

Dans le salon aux fenêtres closes, ma famille s'apprête à déjeuner. Je me reconnais dans ces visages dont la dureté est accentuée par des teints blafards et des cheveux trop noirs, dans ces corps laiteux vêtus de blanc et de marron qui se déplacent en silence dans la semi-pénombre du huis clos infernal. Les gestes ralentis se complètent les uns les autres afin de ne pas perdre le sens de l'utile ; sans un mot, ils s'affairent autour d'une table, d'un plan de travail ou devant l'écran muet de la télévision ; j'entends des bruits d'assiettes, de couverts, le robinet de la cuisine étranglé par ses joints, une chaise tirée mais pas la moindre parole. Les femmes de la maison ont renié frivolité et séduction, pieds nus ou en claquettes, elles sont des tas de graisse insignifiants flottant dans des robes peu seyantes ou des corps aux formes disparues toujours proches de l'évanouissement ; erreurs irréparables que la nature aurait dû épargner, cancéreuses sursitaires, elles sont les spectres de mes nuits sans sommeil !

Accroupie derrière une table basse, Zohr, ma sœur aînée, attend la fonte de la menthe. Le bec tordu de la théière envoie un jet de vapeur qui rebondit sur la table avant de venir mourir sur son visage ; la colonne d'eau transparente ne fait même pas cligner ses yeux tant ils sont enfoncés dans les creux noirs et profonds des orbites dégarnies. Les « boutonnières » dissimulent deux pupilles nerveuses presque blanches, qui semblent fixer pour le moment le petit jeu du bec verseur.

Toujours enfermés dans une natte filasse et biscornue, appauvris par des rubans trop serrés, les cheveux de Zohr tombent aujourd'hui en mèches inégales sur son corps aux veines apparentes. Fait d'un seul bloc dont on distingue à peine le profil de la face, le corps chétif de Zohr est amputé des deux sculptures majestueuses que Dieu nous a confiées en toute innocence.

Tous les soirs, elle resserre un savant corset de bandelettes qui masque deux seins dont les pointes sans support suffoquent derrière la bande de tissu close par une épingle à nourrice, elle-même logée dans la ridicule rigole séparant les deux pousses qui n'arriveront jamais à terme. Elle ne défait son corset que pour frictionner son torse semblable à un dos dont les omoplates seraient marquées par deux taches brunes au relief énigmatique. Rougi par la gaze nouée à même la peau, ce tronc entravé reste cependant droit, ne trahissant jamais la ligne parfaitement horizontale des jambes jointes à un bassin sans hanche. Assise ainsi, penseuse et patiente, son buste luttant contre la colonne qui voudrait s'adapter à cette posture inconfortable, ne fléchit pas. Zohr est en guerre contre sa nature, nature féminine, pourriture pour notre père, honte pour notre fautive de mère, c'est elle la traîtresse

qui pousse Zohr toujours plus loin dans ses sacri-
fices, ses artifices et ses dissimulations grotesques.
Et la diaphane n'oublie jamais en notre présence
de pincer sa bouche légèrement charnue une fois
relâchée, pour cacher, mordre au sang, détruire
enfin ce bout de chair rouge et strié, signe de vie
et de fécondité !

Je ne me souviens ni de nos jeux d'enfants, ni
de nos rires complices ou des farces de notre âge ;
non, je me souviens uniquement de la fusion de
nos tristesses respectives ! Ses grandes mains éti-
rées à mort par des doigts indéfiniment longs
parcouraient avec une étrange habileté mon
visage bouffi par les sanglots et le désespoir. Elle
me serrait contre elle avec la rudesse d'un
homme afin d'arracher, de goûter et d'absorber
ma détresse, comme si la sienne n'avait pas
encore atteint son paroxysme, la limite de
l'incontournable et du non-retour !

Elle détectait mes moindres signes de défail-
lance : un sourire figé, une mâchoire plus que
nouée, des lèvres tremblotantes, un regard
aveugle car elle connaissait mieux que quiconque
la souffrance d'être née femme dans cette maison : une souillure qui deviendrait plus tard une
souillon ! En admiration devant mes larmes, elle
collait ses joues aux miennes, toutes tombantes et
irritées par les pleurs, puis se retirait avec un bref
sourire de satisfaction, la peau du visage zébrée
par de fines rigoles de sel ; j'avais alors le senti-

ment d'un vol, d'un détournement illicite échappant au contrôle de la raison, je me sentais détroussée, pis encore : bafouée ! en « s'appropriant » mes larmes et de nouveaux maux fraîchement extériorisés, Zohr incarnait à mes yeux toute la misère de la nature humaine, je voyais en elle mon sombre destin et mes larmes alors redoublaient, elles partaient du fin fond de la gorge, traversaient l'intérieur du visage, et, arrivées à l'ouverture orbitale, elles s'étalaient sans discipline sur l'enveloppe de leur source initiale. Lorsque Zohr se recroquevillait devant moi, j'avais toujours peur que les deux bouts de sa silhouette ne se détachent l'un de l'autre ! mon imagination me laissait entendre le bruit de côtes s'effritant à chaque mouvement inhabituel, les chairs se compressaient, les entrailles piquées par l'os des genoux crissaient, la tête dans le vide, elle attrapait un de ses bras trop longs pour le jeter derrière l'épaule. Là, petit tas de chair informe, elle poussait le dernier cri de l'animal attendant sa mort dans la solitude ; mais Zohr ignorait que la mort était déjà en elle. Inutile de l'appeler c'est elle qui parlait à sa place, et qui se nourrissait du peu de chair qui lui restait ! la mort avait choisi son masque, sans le savoir, Zohr la transportait dans toute la maison et s'endormait dans ses bras, elle la détaillait dans son miroir et ses tremblements inexplicables étaient en fait les ricanements intérieurs de la sournoise !

La mort déversait lentement dans le corps de ma sœur sa lymphe empoisonnée afin que celle-ci puisse l'apprécier chaque jour de sa jeunesse, elle avait glacé son sang, durci ses veines et dessinait sur son visage à l'encre indélébile des fissures au coin de sa bouche, quatre étincelles étirant la fente de ses yeux et, sous son cou, une nouvelle peau, pendante et rugueuse coupée en son milieu par deux cordes de muqueuse blanches.

Notre père est assis sur un tapis de prière dont les couleurs sont trop vives pour une carpette sacrée. Dieu écrit en gros caractères de laine vomit sur les impies sa calligraphie sinueuse. Emprisonné dans une robe raide d'amidon, le géniteur aux yeux sombres attend son repas. Deux initiales rouges tachent discrètement son col dur. La tête haute, il prend garde de ne pas se laisser aller. Aucune forme suspecte ne vient souiller la blancheur de son costume d'intérieur. Sans cesse, il remonte ses chaussettes pour dissimuler des mollets imberbes, laiteux, presque transparents. Quand il arrive à coincer l'élastique au-dessus de ses genoux, il pousse un bref soupir de soulagement puis plonge ses mains soignées dans une coupelle de fruits. Pointillés de petits pores dilatés, ses doigts tripotent une grappe de muscat. Les grains enflés de sucre roulent, glissent puis crèvent sous la pression du pouce et de l'index limés jusqu'au sang dont les peaux bien repoussées mettent en valeur les demi-lunes rosacées qui envahissent la totalité des cornes arrondies. Des boucles noires coupées très court ondulent sur ses tempes puis réapparaissent dans une fine moustache plaquée à l'aide de quelques gouttes de vétiver ; le front chute dans un creux horizontal où logent deux châtaignes marron cerclées d'une céramique neuve : elles fixent un des grains éventrés qui crache son jus et ses pépins sur le rebord de la table basse. Avec sa peau fine et transparente, le fruit troué ressemble à mon sexe d'adolescente, attaché à la branche principale par deux ramifications qui pourraient être mes jambes, il vide sa chair devant mon père. Deux ans. Deux ans déjà qu'il ne me parle plus. Deux longues années au cours desquelles mon corps n'a pas arrêté de suinter l'impureté. Et ça continue ! mes mamelles déformées me font mal, deux creux ont modifié ma chute de reins, sous mes bras, une ombre odorante noircit de plus en plus ; j'ai beau me laver, panser mes « plaies » cycliques et épiler les poils de mon intimité, je reste sale et indigne de sa parole ; je suis un épouvantail articulé, une femelle au sexe pourri qu'il faut absolument ignorer afin d'échapper à la condamnation divine !

Cette nuit-là, lui non plus ne dormait pas, je l'entendais marcher derrière la porte de ma chambre. Un événement presque palpable avait inondé de son évidence l'air, les murs, le sol de notre demeure. Je sentais la fièvre m'envahir progressivement, une soufflerie agaçait mes oreilles, des convulsions mêlées à une chaleur inexplicable terrassaient mon corps : la métamorphose allait bientôt faire son entrée sur la scène de chair. Zohr hurlait sous ses couvertures, dehors, les voitures s'étaient arrêtées de rouler, des coups de klaxon injustifiés couvraient les cris d'une marâtre penchée à sa fenêtre. Les murs de ma chambre sentaient le cadavre. Les hommes discutaient très fort. Ils ouvraient et refermaient brutalement le portail de notre maison, l'un d'entre eux s'était glissé dans le jardinet, en attendant, il se faisait le complice secret de mon père. Une fillette égarée pleurait sur sa misère, je n'eus ni le courage ni la force de gagner ma fenêtre. J'entourais mes cuisses avec mon drap qui, très vite, fut cloqué de rouge. Tout mon corps bavait. Un étranger me tailladait le sexe de l'intérieur, je me transformais en une monstrueuse insulte et priais Dieu de toutes mes forces pour qu'il arrêtât cet écoulement ignoble et ignominieux !

Je me dirigeais vers mon cabinet de toilette pour tenter d'effacer les premières marques de la souillure tant redoutée mais il était trop tard. Mon père surgit dans ma chambre. Furieux, il se tenait la tête. Nue, les jambes entravées par le drap du crime, je tombais à ses pieds et plaidais mon irresponsabilité ; en ouvrant mes veines, la nature s'était dressée contre moi, mon cœur battait désormais dans mon bas-ventre, ses artères semblables à des gargouilles un jour de pluie dépassaient de ma fleur suppurante et déversaient sur mes cuisses toute leur haine et toute leur violence.

Il me roua de coups et dit :

« Fille, foutre, femme, fornication, faiblesse, flétrissures, commencent par la même lettre. »

Ce furent ses derniers mots.

La porte de la cuisine est ouverte, une odeur de poivrons farcis saisit ma gorge. Un plateau posé à même le sol attend les condiments, ma mère fait tinter les casseroles pour m'assurer de sa présence. Je la regarde de dos. Elle tortille son paquet de chair dans tous les sens, droite, gauche, haut, bas, son postérieur semble être animé par une force intérieure. Le ventre, lui, reste immobile, il se repose de ses innombrables couches sur l'évier encombré de plats, d'assiettes et de couteaux. Un bout de Vie est resté coincé dans la poche de la génitrice, ça semble faire mal ! Un tuyau fuit, une éponge crache sa mousse sur le mur de faïence, il fait chaud et humide dans la petite cuisine aveugle.

Chère maman, pourquoi toujours te regarder de dos ? Est-ce ta posture habituelle ou bien la lâcheté de ne pas nous affronter ? Pourtant, c'est bien de face que tu m'as conçue ! ah ! comme la mémoire est mauvaise fille ! J'aimerais tant me souvenir de tes baisers, de tes caresses, d'une accolade, de la chaleur de ton gros sein maltraité, ma gorge t'aspirait et tu devais hurler, j'aimerais me souvenir aussi de ton visage lorsque tu m'as vue pour la première fois. Ce n'est pas mes yeux que tu as regardés, non, tu as vite écarté mes jambes pour voir si un bout de chair pointait hors de mon corps à peine fait ! le bonheur ne tient pas à grand-chose ! trois secondes pour voir et pour savoir, un coup d'œil jeté dans l'entrecuisse, un doigt pour sentir et tu décidais par tes pleurs ou par tes cris de joie, de ma vie, de mon destin et de ma mort !

La déception fut grande. Pardonne-moi maman, comme je comprends aujourd'hui ton désarroi face à ma poitrine qui devait s'élargir. Tu as bien fait de ne pas essuyer mes larmes, j'étais une fausse promesse qui s'est nourrie de toi avant même de te connaître ! reste, de dos surtout ! je ne suis pas belle à voir : j'ai les cheveux longs, mes membres sont fins et rien ne bouge sous ma tunique !

Toi ? Je devine en ton milieu un trou béant, un œil grand ouvert dont les bords meurtris n'existent plus, un cratère asséché qui se souvient cependant de ses feux et de ses coulées lointaines rarement fécondes. Le mien ressemble à la gueule étirée d'un jeune chien à peine réveillé, encore bien serré, rose de l'extérieur comme le corps d'un nouveau-né, gluant de l'intérieur comme le cordon qui nous reliait.

Où se meurt à présent notre attache naturelle ? Au fond d'une poubelle, dans le terrain vague d'une mémoire amnésique ou sous le creux de ton ventre coupable ?

Il ne m'en reste plus qu'un bouton de peau joufflu, me rappelant sans cesse notre première rencontre. Notre première séparation.

J'ai vu mon père s'acharner sur ces deux grosses mamelles pleines de veines et de regrets qui pendaient en dépit des empoignades sauvages, sa bouche, largement écartée, essayait d'engloutir une des poches nerveuses de ma génitrice mais il la recrachait aussitôt, ses deux mâchoires ne pouvant contenir la totalité du morceau de chair surpiqué d'une auréole brune. Une sieste avait déshydraté mon corps, je me rendis donc à la cuisine pour chercher un verre d'eau quand je les surpris, là, vautrés sur le carrelage. Les deux silhouettes confondues par terre me parurent tout d'abord anonymes, elles n'étaient plus à leur place habituelle. Formant un seul bloc animé sur les côtés par quatre membres bien agités, on aurait dit une outre grasse et poussive qui se débattait sur la berge ; elle soufflait, haletait, se reprenait, bavait sur un sol soudainement étranger ! mon père avait retroussé sa robe, ses petits mollets sanglés par des chaussettes noires battaient misérablement la cadence, coincé entre les cuisses lourdes et peu agiles de ma mère, il s'agrippait tant bien que mal à cette chaloupe beuglant comme un animal traqué. Tout petit, tout fin, tout noir, il ressemblait à un ver creusant son trou dans une terre aride et buissonneuse, sous lui, la garrigue s'agitait et enfonçait ses épines vénéneuses dans le bout de chair découvert.

Il roulait, rebondissait, se cognait contre ces formes qu'il avait lui-même rendues inhumaines, sa tête enfouie sous une aisselle où pendait une dentelle rousse, s'inventait un corps plus désirable et moins fatigant. Plein d'envies inassouvies, il se vengeait sur le ventre de ma mère en lui administrant des coups violents et réguliers avec une arme cachée dont il était le seul détenteur. Les statues avaient quitté la frigidité de leur matériau, sous la pierre, deux organes se remplissaient de sang. Sang semblable à celui qui rougissait parfois mon sexe inexpérimenté.

La victime replia ses cuisses monstrueuses. Ses cheveux étalés sur le carrelage, comme une tête de loup ébouriffée par la poussière, dessinaient le corps d'un oursin ouvert, ses jambes ballottées dans tous les sens avaient à peine la force de se redresser pour reluire sous l'ampoule électrique du plafonnier ; après une dernière secousse qui ébranla la maison entière, mon père s'arracha du piège visqueux puis se récura les mains avec un savon de ménage. La génitrice n'était plus qu'un vulgaire colis déficelé, la surprise qu'il renfermait était une mauvaise farce ! rien ne vivait sous les tissus et le papier de soie, il y avait juste un gouffre sans fond aux parois rugueuses et inconfortables. Mon père s'essuyait les mains tout en déambulant dans la cuisine. Sa moustache défaite rebiquait au-dessus de sa bouche luisante. J'eus juste le temps de me cacher derrière le canapé. Là je ne risquais rien. Je voyais sans être vue ma pauvre mère allongée sur le carrelage dont les parties dénudées se couvraient peu à peu de bleus. Mon père parlait fort. Oh oui! il en voulait à ce sexe difforme qui ne lui donnait pas entière satisfaction! pour parfaire son discours peu élogieux il brandit son torchon et la fouetta violemment. Ça se passait toujours ainsi quand ma mère accouchait. Elle avait à peine le temps de se remettre d'une terrible déception que celui-ci abattait sur elle toute sa rudesse et toute son incompréhension. Là? pas d'enfant mais un arrière-goût d'impuissance entravait la gorge du géniteur; pendant plus d'une heure, il avait tenté de cracher son désir dans ce corps sans fond mais, finalement, la fatigue et le dégoût l'emportèrent. Ma mère ne disait rien, trop lasse, trop habituée aussi pour se défendre; « l'entre-fête » grand ouvert, les cuisses relevées, elle semblait attendre les premières convulsions de la mise à vie! bien souvent, elle n'engendrait que la mort. Une peau ratatinée pendait au bout du cordon comme l'appât peu appétissant d'un vieil hameçon! l'enfant qu'elle portait vieillissait dans son ventre et n'en sortait que pour l'enterrement.

Les funérailles étaient brèves. Ma mère entourait le rejeton de papier journal et rabattait le couvercle de la poubelle sur la petite tête béante aux yeux mi-clos, quand l'enfant n'était qu'un œuf craquelé par un auriculaire impatient, elle se contentait de l'immerger dans la cuvette des w.c. L'eau formait autour de la bestiole des tourbillons puis l'emportait vers un paysage de gros tuyaux noirs dont elle seule connaissait l'issue.

Trois filles seulement ont survécu, trois petites pousses bien lisses qui crièrent le pied encore coincé entre les briques effondrées et dégoulinantes de sang du puits mortel. Pour remédier à la pesante absence d'enfants mâles, ma mère fit appel à une vieille femme qui avait le don, disait-on, de guérir cette redoutable anomalie.

Arrachée de ses lointaines montagnes, la guérisseuse habita pendant quelques jours sous notre toit. Son réveil marquait la fin de mes insomnies. J'éteignais ma petite lampe de chevet et épiais... pas lents d'une sorcière kabyle aux bras qui chantent sous le choc des parures, froissement d'un habit de tissu entravant la marche solitaire de la mystique en déplacement, regards étonnés devant les robinets et leurs multiples fonctions, odeur de chèvre et d'herbes mouillées. Une tignasse rarement peignée dépassait en serpents revêches des tourbillons impuissants d'un chèche bleu roi, son visage à demi couvert par un masque de coton était piqué du front au menton par des traits verts et irréguliers, pointus sur l'arête du nez, étirés sur le pourtour de la bouche, inexistants dans l'ombre nichée entre le visage et la gorge, et je les retrouvais plus larges, plus grossiers, sur toutes les phalanges de ses doigts et dans la résille de ses paumes ouvertes.

Son corps versait sur chaque marche de l'escalier des parfums âcres, acides ou poivrés ; sans la voir, je devinais pas à pas son parcours matinal, la crasse tissait sur le sol un tapis d'odeurs lourdes et persistantes ; comme un fil tendu entre sa chambre et ses cheveux, le parfum de son corps me menait à elle, son voile répandait au premier étage une odeur de viande faisandée, sur la rampe, cinq doigts de sueur s'étaient agrippés, là, je trouvais un ongle noir, plus loin, l'aisselle s'était vidée contre un mur, une fois arrivée en bas, mon visage se poudrait de henné et je découvrais le souffle du soupir ; je finissais par fermer les yeux et ne pensais plus qu'avec mon nez, il me conduisait bien, je marchais la tête un peu penchée afin de ne rien perdre, et les senteurs les plus intimes, s'imprimant sur mes narines, persistaient jusqu'au coucher.

Prognathe, elle ne pouvait jamais fermer sa bouche en entier, sous nos yeux, une caverne dentelée contenant plus d'un trésor étalait sans pudeur ses cachettes, ses coins et recoins bouchés par des résidus jaunâtres. La vieille sorcière aiguisait ses trente-deux petits ivoires avec un bâton brun qu'elle brandissait lors de ses vaines incantations ; intriguée par la présence inopportune d'un fragment de nature dans la maison aseptisée, je reniflais un jour le tuteur sec avec l'espoir de connaître enfin la douce senteur d'un bois né sous le soleil, quand, terrassée par les effluves fétides du bois trompeur, je m'aperçus de ma naïveté ! Innocemment, je respirais à pleins poumons les gencives grises, les dents verdâtres, les chicots branlants, le palais boursouflé et les amygdales suppurantes de la sorcière ! Je vomis alors mon lait matinal.

La guérisseuse pilait des herbes dans une coupe de terre cuite remplie de semoule, elle mouillait le grain avec une eau dite sacrée et de l'urine tiède, ajoutait deux épaisses larmes de lait puis faisait bouillir le contenu. Ma mère, les jambes écartées, se posait au-dessus du mélange vitreux, avec sur le visage la grimace de l'effort. Scène comique... un petit pot pour un corps trop gros, une fumée opaque pour attiser la foi, et un chant venu de la montagne pour guérir la chèvre malade ! Les vapeurs bonifiantes pénétraient l'entrecuisse de la femelle, réapparaissaient en perles transparentes sur son front puis ondulaient sur ses bourrelets découverts, la vieille Kabyle suppliait son Dieu de donner à cette pauvre créature, ma mère, le pouvoir d'engendrer enfin un pénis et entreprenait une danse sauvage : le premier signe de la transe. Le turban de ses cheveux voltigea de l'autre côté de la pièce, délaissant ainsi la tignasse qui en profita pour respirer, elle montrait ses gencives proéminentes subitement couvertes de mousse blanche, ses deux bras dressés vers le ciel se cognaient l'un contre l'autre et la musique des bracelets de corail se fit plus percutante que jamais. Le voile caressait ma mère inquiète, trempait dans la mixture magique et finit par tomber aux pieds de la guérisseuse, d'autres voiles alors, moins amples, plus gais, entouraient la taille et le torse imposant de notre hôte ; eux ne pouvaient tomber, retenus par une ceinture à clochettes d'argent, ils se contentaient de suivre les mouvements saccadés que Dieu ordonnait.

Grâce à un déhanchement fort habile, aucune volute du fumoir n'échappait au gouffre de ma mère, elle s'appliquait, fermait les yeux, tendait ses mains vers la guérisseuse et parfois même empoignait son sexe avec une foi que je ne lui connaissais pas ; je compris à ce moment précis la réelle frustration de cette femme. Oui, elle voulait un garçon, mais plus encore. Encombrée par ses seins, ses hanches, son bassin, son ventre, ma mère désirait un pénis pour elle toute seule, un pénis qu'elle garderait toute sa vie, et là, enfin, on la respecterait, s'il avait pu jaillir de son bas-ventre lors des incantations, elle aurait été une femme comblée et, qui sait, peut-être adulée ?!

Nous, filles, étions sa douleur, nos visages, nos

42

corps lui rappelaient sa faiblesse, notre sexe, son sexe amputé, et si elle avait toujours cet air triste c'est parce qu'elle savait l'absurdité de notre existence à part qui nous éloignait un peu plus chaque jour des hommes et de nos semblables. Prise d'une humilité soudaine, je m'agenouillais sur la dalle du regret, et, pour la première fois, je me mis à prier avec elle.

La femme de l'Atlas nous quitta en oubliant ses promesses, ses transes et son bâton sec. Nous avons tous attendu, puis, un matin, l'espoir déchu, nous avons cessé d'attendre et la vie reprit son cours normal amputé de patience et d'illusions. Sous mon oreiller le bâton sec sommeille, quand l'envie du mal m'assaille, je renifle avec délectation les vieilles odeurs d'une bouche sale, brosse mes dents avec le tuteur qui aime se terrer dans le creux de mes joues ; il arrache la peau carmin et aphteuse, s'introduit dans les creux les plus obscurs, plante ses échardes dans mes gencives et jaillit alors une douleur brûlante accompagnée d'un sang neuf, enivrant par son sel, excitant par son trajet inhabituel. Je le laisse courir à sa guise sur mes lèvres, ma gorge, mon décolleté et il sèche comme un linge liquéfié sur le roc dur et pointu de mes tétons dentelés, saoule de mal je lave ensuite ma bouche avec une gorgée généreuse de parfum musqué, et l'alcool creuse plus profond mes plaies encore ouvertes.

Le silence, la solitude, l'abandon définitif de la Vie vraie me submergent d'une peur inhumaine, les autres se taisent, les murs se rapprochent, mon corps est à la limite de la putréfaction. Je sens mes organes durcir, et le cœur décide, seul, d'un nouveau tempo : la petite musique de la mort. Poussée par l'instinct de survie je chasse la décadence par la décadence, le mal et le mal se suffisant à eux-mêmes se retournent brusquement vers le bien, et, par la douleur de l'interdit, je réveille mon corps, le sauve in extremis de la chute, le couvre de pensées meurtrières et je m'enfante moi-même !

Deuxième partie

Toujours à quatre pattes en train de fouiner dans les poubelles comme un petit animal à la recherche d'os et de restes de nourriture, cheveux noirs aux boucles cendre, boutons noisette et bouche gourmande, les bras tendus vers un personnage connu d'elle seule, plongée dans des histoires de petites filles dont nous ne serons jamais les idoles, râleuse invétérée, boulimique vêtue de tricots sales et chaussée de savates bruyantes, enfant sauvage souvent cachée sous les escaliers, derrière la porte de la cuisine ou dans son lit, Leyla est ma seconde sœur. Horrifiée par l'arrivée d'une autre fille, ma mère voulut la jeter par la fenêtre sans même regarder ses deux grands yeux intelligents qui saisirent en un seul temps l'indésirable présence de leur propriétaire. Finalement, la raison humaine l'emporta faisant de Leyla une miraculée du trottoir. On la laissa se débattre avec la vie, seule, allongée sur le canapé en espérant qu'elle ne s'en sortirait pas. Interdiction formelle de la toucher. Un verre de lait se renversait sur sa bouche goulue, une bouillie souillait ses linges... Très vite, animée par un inexplicable besoin de materner, la femelle coupable la reprit sous son bras, la ballottant entre la cuisine et le salon, la buanderie et les chambres du haut ; l'eau savonneuse des ménages mouillait le petit crâne de l'ange déchu et finit par noyer son esprit ; elle s'agrippait aux tabourets pour marcher, mais ses deux jambes en arc ne pouvant la soutenir, elle retombait, penaude, à jamais clouée au sol.

Elle n'a jamais parlé. Juste des grognements. Parfois, elle lève les yeux vers nous, regard tendre lubrifié par une larme lourde de sens mais, ne trouvant personne pour le voir briller, il regagne le sol javellisé : son compagnon de toujours.

Elle mange avec les doigts, comptabilise les coups de pied, rarement les coups de main, pas de rires, quelques rêves, loin de nous, dans un ventre humide et chaud, bercée par le sang et la lymphe, baignant dans le curieux paysage sousmarin du placenta. Loin de nous petite chose, petit animal indifférent, petite misère ! d'où viens-tu donc avec ta salive qui ne se retient jamais de couler, et ces drôles de mains qui contiennent plus d'empreintes que les miennes ? Une boule au bout du nez, deux oreilles arrondies comme l'anse d'une tasse à café, des yeux courbes lui donnent une expression bien à elle : celle de la douce folie de l'innocence trahie.

Je ne joue jamais avec ma petite sœur, nous nous caressons de temps en temps, elle se blottit contre moi et simule un nouveau sommeil, nos cœurs se répondent par des battements saccadés et je laisse le dialogue des chairs faire son travail. Que pourrais-je lui dire ? Que pourrait-elle savoir de plus ? Oui, nous tuons le temps. Nous attendons un autre ennui dans une autre maison avec d'autres fenêtres pour regarder les arbres, la rue, les hommes, le monde. A part. Je ne dis rien, je ne suis qu'une peau mise à vif dont les dents carnassières rongent le silence en silence, je cache mes blessures, étouffe mes cris, je suis lâche et passive, pas de goût pour la rébellion, la pitié ou la compassion. J'attends. Voilà tout. Excroissance malade, je suis une ennemie de plus pour ma petite sœur. Le spectre d'une ombre !

J'aime enfoncer mes doigts dans la cascade de graisse qui fait des vagues de lait sur son ventre. Quand mon index court le long de sa petite colonne vertébrale, creusée comme celle de l'hippocampe, ses yeux se colorent en jaune, sa gorge se transforme en une fourmilière affairée, et je sens son sang rugir sous sa peau comme la pulpe de l'orange sanguine, une fois satisfaite, la petite garce abandonne mes bras pour Zohr, mais la porte de notre sœur aînée est toujours fermée à clé. Comme un tombeau sacré, sa chambre nous est interdite, nous avons juste droit à quelques vapeurs d'alcool s'échappant des interstices du bois clos. C'est tout. Et Leyla hurle plus fort, mais personne ne l'entend. Seule Ourdhia était capable de calmer notre petit monstre. Ourdhia, native de la terre rouge du désert, bonne à tout faire, à tout essuyer, à tout combler. Une aura mystique encerclait l'être de cette femme. Comme un voile opaque entourant ses formes, fragile, délicat, parfumé au roc et à l'alpha, son aura, si présente, me transperçait et je sombrais dans une guelta* où le temps avait interrompu sa marche inéluctable, son envie de toucher à la fin abyssale de sa fonction. Toujours là pour prodiguer quelques fractions de tendresse, je tétais son sein vide pendant l'orage, enfouissais ma tête dans son ventre creux ; à travers elle je fuyais la nuit maudite, je captais l'étrange chaleur d'un long corps dont la peau craquelée aux endroits les plus tendres vaporisait sur mon visage les brumes d'une région lointaine, j'étreignais avec mes deux petits bras toute la grandeur d'un paysage dont les habitants n'ont pas détruit l'âme des édifices naturels, bercée par des mains et une voix plus douces que celles de ma mère, je m'endormais loin de ma chambre et de mon ennui. Oui, je l'avoue, je l'ai préférée à vous ! Je me souviens très bien de son arrivée, elle portait une robe drapée autour de la taille, relevée aux

* *Guelta* : trou d'eau.

aisselles, défaite dans le bas. La couleur resplen-
dissante de ses motifs cubiques, la forme parfaite
des épaules et des hanches faisaient oublier
l'usure et la pauvreté du tissu bouchonné. Voyageuse sans valise, Ourdhia avait pour unique
bagage le délateur sourire de la tristesse et la
nouvelle fierté d'être citadine.

Par hasard, elle avait sonné à notre porte,
expliquant qu'elle avait faim, soif, besoin d'un
abri pour une tête consciencieuse et peu exi-
geante. Ma mère qui venait de mettre bas
accepta. Elle exécutait les tâches ménagères avec
un sérieux proche de la maniaquerie, s'attardant
sur les plinthes, les dessous, les dessus, les coins,
les recoins, l'intérieur des placards, des coffres et,
pour parfaire son travail, elle vidait nos âmes de
leurs poussières et de leur ennui. Elle nettoyait
mon cœur de ses angoisses, enlaçait nos maladies
infantiles, balayait le doute, les cauchemars, gom-
mait les ombres noires de nos visages, raclait la
tristesse et récurait toutes les pensées moroses.
L'absence de mots étant imposée dans notre maison, Ourdhia semblait à son tour sourde et
muette, mais je m'aperçus vite que son mutisme
était étranger au nôtre : la discrétion était son
unique richesse. Elle embrassait le pain sec avant
de le jeter, remerciait l'eau de couler à flots et
baissait les yeux quand on la fixait avec trop
d'insistance. J'aimais la regarder travailler, elle
me semblait munie d'une force surhumaine, les

choses avaient un nouvel éclat, les aliments un autre goût et même les prières portaient le sceau de la pureté. Grâce à elle j'allais pénétrer dans un monde irréel mais bienfaisant : le monde de l'Imaginaire... Enfant, la tombée de la nuit était mon pire ennemi ; avec le soleil, disparaissait la lumière naturelle et surgissaient dans les rectangles de verre des maisons voisines, des éclairages maladifs voilés par les rideaux ou carrément hachés en lignes horizontales par le bois des volets à stries. A mon tour, j'appuyais sur l'interrupteur, ma chambre me paraissait alors plus étouffante, les objets se rapprochaient les uns des autres, unis par un seul faisceau, ternis par l'ampoule opaque dont les deux tiges métalliques vibraient au moindre geste. Assaillie par des germes de perversion que j'évitais de canaliser et surtout de comprendre, mon esprit se glaçait de peur, mon visage suffoquait sous l'oreiller, lorsque les formes multicolores commençaient à valser sous mes paupières, j'appelais Ourdhia, toujours dispose pour calmer les angoisses enfantines. Elle s'asseyait au bord de mon lit, une main posée sur mon front, l'autre sur mon cœur et me contait avec un accent étranger le curieux récit du désert. Elle parlait calmement, sous sa main, mon cœur lançait des petits coups réguliers à peine perceptibles en signe de reconnaissance. Flic, floc, une goutte de sang chatouillait sa paume brune, seules nos peaux nous séparaient.

Une couleur ocre inondait ma chambre, j'oubliais l'interrupteur, le fil jaunâtre attaché à son abat-jour, l'ampoule poussive n'existait plus. Deux rochers avaient surgi au pied de mon lit, une douce bise soulevait mes rideaux, derrière la fenêtre, un étang de sel cloqué de fleurs lunaires se dessinait, sous la porte, trois roses fossilisées dans les grains du sable naissaient, aussi fragiles que le verre, elles glissaient leurs pétales de sable entre les rainures du bois et embaumaient ma chambre d'une odeur nouvelle. Le désert était bien là. Mon cabinet de toilette étouffait sous un bloc généreux de sable : la dune. Sa crête s'effondrait sous les pas d'un homme en noir qui disparaissait derrière mon petit miroir, continuant seul sa marche avec un bâton pour l'aider. Le paysage entier me traversait, une galette cuisait au bout de mes pieds, mes doigts égrenaient un chapelet de sable et je sentais mille petits mirages miroiter sur mon corps. C'était frais et sec. Le désert était bien là. Au loin, les Touareg dansaient à travers les flammes d'un campement, deux yeux soulignés au khôl surveillaient la nuit tandis que le lait de chamelle coulait d'une outre éventrée. La palmeraie s'ouvrait à moi, les cigales, écrevisses des terres, s'accrochaient à la noria, et, tour à tour, plongeaient dans l'unique puits pour rincer leur gorge d'un chant épuisant.

Ma nomade, voyez, je dis ma nomade, appartenait à une grande tribu targuie dispersée dans un pays sans frontières apparentes où la beauté était le pire des dangers. Elle enivrait les hommes, les femmes, les forçant à aller toujours plus loin, toujours plus haut, à l'extrémité du soleil. Oui, l'ivresse du désert existe, Ourdhia l'a rencontrée. La faim était souvent cause de retrouvailles, les Touareg séjournaient dans l'oasis pendant quelques jours, puis lassés par la « verdure », l'eau presque potable et le chant incessant des cigales terrées au pied des arbres dattiers, ils recommençaient à errer ; croisant parfois le cadavre d'un animal, échappant aux piqûres et à la peur, bercés la nuit par les cris d'une hyène désespérée, ils sillonnaient la terre hostile dans le dessein peut-être de l'apprivoiser. Mais la beauté ne se laisse pas facilement amadouer, insolente, elle brûle le jour, disparaît la nuit, et, au petit matin, elle se montre hautaine et lointaine, vierge et inviolable. Complice d'un soleil meurtrier qui grava sur le visage de la Targuia les initiales de l'effort et de la solitude, on la trouve dans les régions les plus dénudées, là où il n'y a plus d'ombre ni de pas, là où il n'y a qu'elle pour trôner.

Ourdhia avait refusé tout accompagnement dans sa marche à travers la nature. Le désert s'écoute seul, entre deux silences on peut par chance capturer un instant bruyant : le plongeon du soleil dans un sable mouvant.

Guidée par les étoiles, elle avait atteint la région la plus nue, la beauté sans apparat, l'essence même du sublime : le Ténéré. Vide du vide, absolu de l'absolu, centre de la terre, épicentre du néant, ce lieu couronnait enfin la marche disciplinée de la nomade, là, elle communiait avec la vérité. Le Ténéré, vaste empire de sable, est représenté sur ma carte par une large tache jaune. Mais je ne savais pas. Ourdhia me l'apprit. Le Ténéré possédait un seul arbre, un intrus. Unique repère des hommes et des animaux, présence énigmatique dans l'inhumanité du décor désertique. Un arbre dont les branches dénudées n'émettaient aucun son, un tronc imposant échevelé sur le dessus par des ramifications fines et revêches ; malgré la sécheresse, les écarts de température, l'aridité du climat et le sable dévastateur, l'arbre continuait à vivre. Depuis des siècles. Seul. En silence. Une nuit, des hommes venus de la ville en camion surélevé percutèrent cette insolente présence. Il n'a jamais repoussé. Le Ténéré venait de perdre l'unique manifestation de son âme. A sa place, une ombre marron a creusé le sable, le soleil se souvient, par respect il n'ose éclairer la sépulture dénudée. Ni fleur ni prière, juste une sombre empreinte qui ne figure pas sur ma carte.

Ourdhia s'occupait des courses. Etrangère, ma mère ne la considérait pas comme une femme, c'était avant tout la bonne, tant pis pour son port de tête noble, ses attaches fines et son visage de princesse, ses doigts trempaient désormais dans l'eau de Javel, refermaient les poubelles et raclaient les sanitaires. Optimiste, la nomade emportait un couffin et un filet à provisions! je l'enviais, marcheuse du désert et maintenant de la cité, elle seule avait le droit de quitter la prison. L'observation devint un véritable art. Rien ne m'échappait. Je détaillais minutieusement le parcours que la nomade ferait, chaque personne qu'elle croiserait et devinais tous ses gestes, même les plus inattendus.

Le signal? Le bruit de la porte d'entrée, et soudain, en plein jour l'obscurité. Au début, tout allait bien, ses dents retenaient le voile tradition-nel, Ourdhia ne couvrait jamais sa tête, unique-ment ses épaules : premières marques d'un corps parfait pouvant attiser le désir de ces hommes toujours en rut. La démarche était fière, le couf-fin restait coincé à son poignet légèrement tordu. Quand elle passait sous ma chambre elle mar-quait un temps d'arrêt à peine visible. Elle seule savait. Les hommes de ma rue commençaient alors à se regrouper, l'illusion de liberté allait bientôt disparaître. La ville semblait être une cloche sous vide qui se refermait peu à peu sur ses épaules, je voyais au bout de la ruelle un rempart sombre se dresser, hommes, chiens galeux, enfants errants l'attendaient au tournant, elle, l'air de rien, continuait sa marche, fière et légère. Même le soleil se voilait la face pour ne pas assister aux préparatifs du triste spectacle, lui, témoin de ses premiers pas et de la beauté vraie, comment aurait-il pu continuer à éclairer une rue sordide encore plus dangereuse que les insectes vénéneux ? Il haussa les épaules et, avec l'aide de quelques nuages, se tourna vers les pics de l'Atlas. Les enfants s'étaient arrêtés de jouer, les fillettes savaient et, comme moi, elles ne la prévinrent pas du danger. Elle marchait plus vite, le couffin ballottait entre le vide et sa cuisse, le voile se resserrait, la chaussée avec. Une canalisation éclatée l'arrosa au passage, triste ville ! Soudain, elle s'arrêta net. Un morveux lui lança une pierre, un autre, plus courageux, lui cracha en pleine figure, deux jeunes hommes faisaient courir leurs mains répugnantes sur son beau corps, je hurlais. Elle seule savait. La rumeur grandissante de la ville couvrait ses cris, oui, Ourdhia se défendait, elle n'avait pas peur, mais que faire devant ces hordes déchaînées ? Ourdhia était une femme et en plus, ô désolation, elle était noire !

« Kahloûcha* ! kahloûcha ! kahloûcha ! kahloûcha ! kahloûcha ! kahloûcha ! kahloûcha ! » Le mot fatal retentissait dans toute la ville, les syllabes se détachaient les unes des autres, plus fortes à chaque fois, elles cognaient contre ses

* *Kahloûcha* : négresse.

57

tempes, graves, hautes, aiguës, sourdes, per-
çantes, elles trouvaient sans cesse un écho différent : les fenêtres, les cafés, les arrêts
d'autobus, les platanes se renvoyaient l'insulte, les
cuivres des voitures rythmaient la cabale et sous
le sol, vrombissait un authentique gémissement :
le mien ! L'impuissance suintait des murs, l'insup-
portable surgissait des trottoirs, le « Défense de
faire du bruit » s'affichait avec une indécente
dérision puis, mêlée à la cohorte masculine, je la
perdis de vue. Sous notre portail, un rat était en
train de manger un chat.

Elle nous quitta sans explication. Un matin, son
matelas était plié en deux, son voile d'habitude
pendu derrière la porte de la buanderie avait
disparu, le chiffon à poussière était soigneusement posé sur la table de la cuisine, avec un air
triste, il attendait la remplaçante ; les dernières
images d'un rêve étaient encore accrochées aux
rideaux, la chambre sentait le lit, les draps, le
départ hâtif et irréfléchi, le lavabo avait gardé en
souvenir un de ses cheveux : un point d'inter-
rogation fendait la céramique blanche, sur le
carrelage, l'empreinte de ses pas, sur sa table de
chevet, une enveloppe pliée en quatre m'était
adressée. Elle contenait un objet métallique. Je
savais. Ourdhia m'avait laissé sa croix du Sud,
quatre pierres roses brillaient aux extrémités des

branches. Je pleurais. Son odeur disparut au fil des jours, je ne pus la retenir. Mais je me souviens maintenant d'un mélange d'ambre, de musc et de réglisse.

Plantes vénéneuses, enfant grabataire, excrois-
sances malignes, verrues douées de raison,
pauvres gens contaminés par l'ennui et la tristesse, voilà ma famille ! Dans ce tableau affligeant
où le peintre a forcé sur les couleurs du désespoir, j'ai ma place entre deux murs, sous une
fenêtre, adossée à une chaise bancale. Oh ! je ne
suis guère mieux que les autres personnages !
granuleuse de la tête aux pieds, l'os des poignets
trop saillant, le cou trois fois cerclé par des
anneaux de peau inutile, je ne me trouve pas très
belle. Vieille adolescente fripée avant l'âge, ma
silhouette et mon visage ne sont pas restés fidèles
à mes photos d'enfant, seuls les yeux sont intacts
avec un cerne supplémentaire qui rappelle joli-
ment leur noir encre. Bique au poil trop long qui
joue du sabot en attendant qu'on l'arrache du
troupeau pour l'abattoir, je vis ma jeunesse sur le
fil du rasoir, un faux pas, un seul signe et je suis
bonne pour l'événement. Manie de famille, je

commence à dissimuler mes seins en me tenant légèrement courbée, les côtes rentrées et les bras en bouclier. Le corps est le pire des traîtres, sans demander l'avis de l'intéressé, il livre bêtement à des yeux étrangers des indices irréfutables : âge, sexe, féconde pas féconde ? Pubère, il m'a rendue inapprochable, dans le royaume des hommes je suis LA souillure, sur l'échiquier des dames, le pion en attente caché derrière une reine hautaine qui choisira seule le bon moment pour se déplacer. Là, aveugle et naïve j'irais buter contre un des cavaliers noirs... Pour l'instant, j'arrive à me dédoubler : je suis pion et joueuse à la fois. Concentration. Sur moi, les choses, la rue. Je suis capable de rester plusieurs heures assise dans ma chambre avec un seul objectif : contorsionner mon esprit. Les yeux jouent un rôle secondaire, la pensée, chef d'orchestre de l'opération, occupe la totalité du champ plane et sans encombre, celui de la solitude raccordée à l'ennui. Je fais attention à chacun de mes gestes, par le biais de la concentration, je leur donne une importance exagérée ; un bras tendu, une jambe croisée sur l'autre, un coude relevé, une cheville fébrile symbolisent le vœu premier d'exister, ensuite, j'inscris la logique de mon ballet synchronisé sur un petit tableau imaginaire ; le lendemain j'exécute avec joie ma chorégraphie dans le dessein souvent de l'améliorer, mais mes gestes se rapprochant à ceux d'hier, en fin de journée, j'ai le mauvais sentiment de la monotonie en travers de la gorge! Comme la terre autour du soleil, je tourne autour de moi, semblable à une mouche affamée d'aventures. Ronde inutile qui fait de l'esprit l'épicentre du corps, du corps l'épicentre de l'esprit. Et la souris enfermée dans la cage se mord la queue!

Il m'arrive de penser à Ourdhia. Lorsque je quitte la planète de l'Ego, ma conscience aime se distraire avec celle des autres, certes, encore un dialogue maladroit entre l'absurde et l'absurde, mais le vide se remplit parfois d'étranges figures rendues réelles par les mots, vivantes par la volonté. Le souvenir surgit dans ma chambre, m'arrache au temps, me catapulte vers des sommets étrangers, et, aventurière peu téméraire, je me tiens sur le pic du passé avec dans ma gourde la moelle d'une aventure déjà vécue. Pas d'emphase ni de tromperie, juste un visage jaillissant d'un présent lointain. Ce n'est pas par complaisance que je ressuscite le passé, mais par simple désir d'éternité ; Ourdhia est une héroïne mythique, morte et enterrée mais plus disponible que les vivants. Sans émotion, j'étreins son corps et le paysage auquel il appartient. Pas de larmes. Pas de regrets. Mon cœur est une table rase briquée par l'indifférence, enduite de gel, taillée dans le roc où le sentiment ne peut se tenir convenablement.

La solitude m'a enseigné la froideur, l'égoïsme et la résignation. Je ne sais plus pleurer pour les autres. J'ai oublié. J'ai égaré la notice explicative du bon fonctionnement de la machine lacrymale. Tête lourde et bouche sèche, j'ai beau me forcer, rien ne vient, hormis une grimace dans le miroir qui me fait à peine sourire. Et même si je me souvenais. A quoi bon? Mes larmes n'entendraient que l'écho de larmes identiques espacées par le jeu des murs et de l'horizon restreint. Je suis mon propre écho, mon propre interlocuteur, ma propre tristesse!

Ma maison est le temple de l'austérité. La tendresse, la joie, ou la pitié sont scalpées par le regard inquisiteur de mon père et la haine de ma mère. Les rares éclats de rire ou de désespoir s'en vont vite rejoindre derrière un meuble les poussières du quotidien; là, entre le bois et le plâtre, se meurent nos tentatives d'émotion. Je n'ose parler d'amour. Invention insensée, miasme importé d'Occident, illusion mensongère, perversion de la jeunesse! chez nous, pas de hasard, pas d'émoi, pas de rencontre. Ce sentiment déplacé dont la valeur s'effiloche plus l'âge avance est anéanti par le calcul, l'arrangement à l'amiable et l'intérêt. On trace votre courbe d'« amour », impossible de s'en écarter, elle coupe le passage à toute pénétration qui l'éloignerait de sa finalité. Tout est prêt. Il suffit de choisir le moment propice. Qui parle de destin?

Quant au désir... pour certains il se satisfait péniblement sur le carrelage d'une cuisine aveugle, pour d'autres, il se contente de la nuit et d'une main experte sous des couvertures expertes!

Je m'invente des maladies mortelles, poumons incandescents, cerveau en forme de vase, intestins grêlés et nausées biliaires mais ma mère ne se laisse jamais abuser. Elle me colle dans la bouche avec sa délicatesse légendaire une tisane infâme et j'ai mon reste pour la soirée! Envahie par la corne d'un baobab en croissance accélérée, étouffée par un essaim de bourdons et terrassée par les effluves d'une gorge pourrie, je me laisse mourir au fond de mon lit avec pour seule compagne l'ombre de ma mère emprisonnée entre mes bras qui brassent le vide.

Et je m'endors, la tête coincée entre deux seins tubéreux en espérant que demain sera vraiment demain.

Aujourd'hui : leçon de choses ou comment ne pas s'ennuyer dans un pays musulman quand on est une fille musulmane.

Dieu a pointé son index accusateur sur mon front, je ne dois pas sortir, éviter le regard de mon père lorsque mon sexe m'indispose, vivre cachée comme une chose dans l'ombre de ma mère, accepter les coups de martinet en me persuadant que je suis fautive. Abdication des sens, de la révolte et de la mutinerie. Triomphe de la résignation, de la passivité et de la peur. Enfant d'un géniteur muet mais point sourd, d'une génitrice déguisée en eunuque, sœur de deux monstres végétaux en instance de mort, je n'ai aucune voie de secours, ma mère prépare sa revanche dans mon dos, c'est à travers moi, seule féconde de la maison, qu'elle se venge de sa naissance, de nos existences et de son sexe, dans le cœur de ses fourneaux, elle a dissimulé la mixture de sa prochaine embuscade, stupide maman, les émanations de haine remontent jusque dans ma chambre!

Comment ne pas s'ennuyer dans un pays musulman quand on est une fille musulmane?

Tout d'abord, ignorer le temps, il ne passe pas, il trépasse, cacher pendules et montres, sabliers et métronomes, agendas et calendriers, prendre en compte les choses et uniquement les choses en oubliant que de l'autre côté de la mer, des adolescents marchent main dans la main sans un Dieu ni un père pour entraver leur route, puis, cultiver l'imagination qui vous déportera dans un autre temps à l'ombre d'un arbre fécond, celui de la création, si elle ne suffit pas, prendre alors appui sur la rue, du haut de votre fenêtre, mais là, si vos mots ne vous soutiennent pas, vous cognerez contre l'horreur d'une réalité peu séduisante.

Fin de l'entracte.

Je fais, je défais, je refais, je redéfais ma

chambre. Tabouret à droite, lit au milieu, bureau devant la fenêtre, coussins par terre, lumières éteintes, robinets ouverts, robinets fermés, porte close, rideaux tirés, sombre, clair, rectangle, rond, courbe, je m'insurge dans les formes les plus extraordinaires, tabouret sur lit, lit sur bureau, chaise dans lavabo et abat-jour au plafond. Architecture hystérique, projection de mes pensées sur les choses. Ce n'est pas simplement la monotonie du temps qu'il faut abréger mais aussi la monotonie de l'espace ! le cadre a un impact sur mon rythme biologique, sur mes humeurs ; une fenêtre ouverte me donne faim, un lit défait envie de dormir, une lumière allumée en pleine journée envie de m'enfuir. J'énerve mes sens pour mieux qu'ils s'endorment, j'accélère mon tempo carotidien pour mieux mourir. Lassée par les choses et mon manque de patience face à l'imagination lente, désordonnée et capricieuse, je me terre dans un des quatre coins de ma cellule et m'inflige des pinçons « tourbillonnaires » : pressions du pouce et de l'index sur un bout de chair innocent dont la seule faute est la tendresse. Mon père a été le déclencheur de ma violence. Le responsable que j'accuse !

Complice secret de Satan il m'a donné goût à un plaisir sans bornes mais que je paye bien cher le lendemain ! bleus, courbatures, écorchures... Activité délictueuse ou destruction du soi par soi.

C'était un jour d'automne. Mélancolique

quand tout se meurt sans moi, je me sentais cependant plus légère que les autres jours. Etait-ce un premier instant de bonheur? Les feuilles disparaissaient au fil des heures laissant ainsi l'unique arbre du jardinet nu et porteur de nouveaux horizons. Mon champ de vision s'était considérablement agrandi et, joyeusement, j'allumais une cigarette devant la ville entière!

Toujours là quand on ne s'y attend pas, mon père me regardait consumer mes derniers instants de plaisir solitaire, lorsque mes yeux rencontrèrent les siens, je chassais d'une main nerveuse et coupable les dernières volutes de mes soupirs délictueux. Le paquet traînait sur la table de la salle à manger avec cet air provocant qui appelle le péché. Comment résister?!

Il s'approcha de moi. Eclata de rire. Surprise d'entendre le son de sa joie, je me mis à sourire et lui lançai un regard complice. Heureux père, il me proposa une autre cigarette. Gênée, je refusai mais il insista. Tremblante et confuse je n'arrivais pas à l'allumer. Il la retira délicatement de ma bouche et grilla une allumette au bout de la colonnette de tabac blond qui se transforma en braise fumante. Je le remerciai en oubliant que les gestes de mon maître n'étaient jamais inconséquents. J'attendais un mot. Un reproche. Infime, mais un reproche! Rien ne vint. Il me tendit la cigarette, et, au passage, l'écrasa sur mon sourire. Il dessina au fer rouge quatre petites boursouflures puis, une main collée derrière ma nuque, il pressa plus fort afin d'écraser la cigarette contre l'émail de mes dents. « Tu voulais fumer. Eh bien voilà ! » dit-il en quittant ma chambre.

La brûlure dévalorisée par l'étonnement fut à peine perceptible. Un parfum de viande grillée remontait des tissus rouges du pourtour de ma bouche jusqu'aux narines. Je crevai les cloques, la lymphe d'une nouvelle histoire coula dans le cendrier de chair. C'était chaud et salé. Pour l'avenir, un petit bec de lièvre naissait.

Un ange à deux têtes, assis sur l'arbre dénudé, ricanait à mes dépens.

Fatiguée par le semblable, le répétitif et le vide de la solitude, mon corps cède son ballet de gestes énergique mais inutile au repos des sens. J'approche alors ma chaise de la fenêtre et laisse tomber mes yeux sur une rue sale animée par des garnements pas assez vêtus et des fillettes désœuvrées.

Ma ville est une vieille séductrice endormie, le souffle lent, le rêve audible mais poussif, elle sommeille au bord du lit de ses premières amours. Amants de passage, maîtresses possessives, maris jaloux, soupirants timides et jeunes filles éprises de Beauté ont couvert son corps de fleurs et de baisers, encensé son âme d'admiration et de respect. Insoumise, généreuse, grande amoureuse, ivre de Vie et de bonheur, amante comblée et affectueuse, elle fut au centre des

dîners fermés l'emblème de la grâce, l'intérêt de
la presse mondaine, l'enthousiasme des hommes,
des femmes et des enfants. Congratulée dans les
dîners protocolaires, effigie de la planète entière,
sacrée par les dieux et les déesses de l'Antiquité,
ministres, reines, rois, princes et princesses, pré-
sidents, ducs et baronnes, démocrates et dicta-
teurs ont étreint son corps ; s'aguichant avec les
jeunes premiers, s'enivrant avec les célébrités, elle
suscita la jalousie de ses semblables, l'admiration
des ménagères et le regret des vieillardes ruinées
par le temps. Eternelle, renaissante à chaque
amour, imaginative et féconde, elle baptisait
bateaux, rails, saints et premiers avions et gardait
en son sein, jalouse mais prévoyante, les plus
beaux écrits dédiés à sa beauté. Muse, modèle,
savante un peu folle, mère nourricière, amoureuse grisée, elle fut le berceau des audaces, de la
joie et de la gloire ; écrivains, poètes, peintres,
sculpteurs, s'endormaient dans le creux de son
ventre : la fameuse baie d'Alger. Ils imprimaient
ses atours, gravaient son corps, coloraient ses
pourtours, vernissaient sa silhouette, et son sexe,
d'où jaillissaient jardins flamboyants, arbres frui-
tiers et plantations rectilignes, était satisfait par
des mains alertes et délicates qui cueillaient ses
fleurs au bon moment, et toujours elle renaissait,
semblable à une vierge délicieuse et enchanteresse au milieu de tous ses amants qui la saluaient.

Désormais vieille fille, flétrie par les années,

piétinée par les nouveaux hommes, elle ne livre son secret qu'à ceux qui savent regarder. Son ventre refuge des inspirés, catacombe ouverte au public, cosmos du vieux monde, porte trop d'enfants, nourrit trop d'affamés. Il tombe comme une poche percée par l'épée d'un braconnier déversant ainsi sur les rues, les chaussées, les impasses et les plus belles avenues, un amas d'entrailles moisies qui s'entassent en montagnes de vies mortes et de souvenirs desséchés. Les enfants incultes jouent avec les derniers vestiges du passé dans le noir de ses yeux cernés, entre deux cuisses fatiguées, qui s'écartent encore pour bénir les fruits pourris de la patrie mourante ; elle a replié ses bras contre les guerriers des nouvelles années et se meurt dans son sein le lait bonifiant des écrits d'antan. Pauvre poitrine tuberculeuse qui n'arrive plus à dissimuler le spectacle affligeant de deux tétons trop embrassés, trop bafoués, trop méprisés aussi ! lève tes mains brunies par les taches de vieillesse pour implorer la miséricorde des dieux enfuis pour d'autres terres plus riantes ! Plus d'anges, plus de femmes, plus de fleurs, plus de terrasses, plus de rires que les plans défraîchis d'une vaste prison qui trahissent le sang des martyrs. Voile parmi les voiles, pécheresse parmi les pécheurs, pourriture parmi les pourritures, est-ce le solde d'un bonheur trop long ou le ravage des corbeaux de l'Atlas ? Et son sexe dévasté par des mains très solitaires agite au loin un triste mouchoir : le drapeau de la capitulation !

Ses moulures, ornements d'avant-guerre, broches superficielles sur robe de pierre sont restées avec elle. Fidèlement. Dernières parures de la fête oubliées parce que tenaces, ravagées par la crasse rongeuse, elles ressemblent à des cicatrices boursouflées, souvenir d'une opération maladroite exécutée par un médecin maladroit sous les yeux d'étudiants maladroits dans un climat de maladresse ; ses parcs où jadis femmes et enfants roucoulaient sous des ombrelles matelassées sont des toisons jaunes, mitées par la déshydratation, surpeuplées d'hommes nostalgiques et de fous en quête de lits ! Plus d'ascenseurs, plus d'auvents, plus de vitrines aguichantes, juste des draps qui pendent entre l'air pollué et des murs plus sales que les coucheurs et des camelots moyenâgeux qui me font peur !

Les chiens mangent les ordures, les rats mangent les chats et les chiens sont mordus par les rats des ordures, alors, seuls animaux de l'écosystème illogique, les rats, joints aux hommes, participent au massacre de la ville. Les enfants s'endorment dans des toiles trouées comme le sexe de leur mère, les ascenseurs cloués au fond des colonnes béantes par l'écœurement ne remonteront plus, l'urine embaume de son ammoniac chaque marche, chaque palier, des odeurs de vieux moutons s'échappent des bou-

71

cheries ensanglantées, les quartiers de viande suintent, les squelettes s'éreintent au bout des crochets du manque, la sciure emprisonne les mouches emphysémateuses, les égouts éclatent, les prix s'éclatent, les bidonvilles contaminent le cœur de la ville, tumeurs cancéreuses, les cabanes gondolées par les globules désaxés s'accrochent aux murs des quartiers miséreux, les petites filles munies de seau en plastique bleu boivent l'eau du caniveau, l'eau cholérique, les hommes pissent sur les arbres, les enfants jouent sous les arbres, les rats grignotent les arbres, les pavés sentent mauvais, les voitures vrombissent sur l'asphalte, le soleil d'août brûle les allées, les vieillards se mouchent dans leurs doigts, les Sarrasines pleurent la solitude et l'ennui, l'alcool et le domino tuent l'ennui, les sexes se morfondent, les esprits fondent, les corps se confondent, à sept heures la masse masculine se meut vers les allées principales, les hauteurs de la ville sont réservées aux grandes propriétés, l'air y est plus frais, le Mozabite dit « Ça manque ! », il y a du verre pilé sur le haut des murs des propriétés, les garçons se battent à coups de lames de rasoir, les mères marient leurs filles, un voile blanc passe et repasse devant notre maison, les mosquées hurlent le désespoir, les jeunes hommes accrochés aux grillages du lycée étranger se masturbent devant des jeunes filles qui courent vers l'avenir, le temps s'est arrêté dès nos premiers

72

cris, les barbes brunes, acide à la main, vitriolent les jeunes filles dénudées, la tristesse est inscrite sur le visage des enfants errants, sur la dalle du monument aux morts levée vers le ciel comme un phallus vers sa maîtresse, le voile s'échange contre une robe terne aux manches trop longues, mes sœurs couvrent leurs chevilles et répudient leur sexe, portés par la vérité divine les croyants s'élancent dans la ville comme des conquérants de la nouvelle ère, les rats mangent les chats et mordent les enfants, la nuit gronde, le jour se désespère, les cuisses saignent, les pères fouettent leurs filles, les autres expient leur fautive naissance sur les trottoirs puants, agenouillés, atterrés, les mariages sont sanglants, la derbouka résonne, la solitude est au fond de ma coupe, le poison empoisonne, les fœtus tombent des fenêtres, les hyènes demandent, les frères s'étreignent, le croissant coupe, l'étoile se défile, Zohr bande ses seins, les objets me narguent, la ville se rapproche du désert, mon père viole Ourdhia, le couteau taillade mon sexe, j'ai peur.

Et les vieilles femmes s'enroulent dans des robes fleuries pour se protéger de la peste.

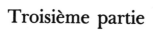

Troisième partie

Cet après-midi, ma mère reçoit sa sœur de lait : tante Khadidja. Excitée par l'arrivée de nouveaux ragots, elle tourbillonne dans le salon avec une légèreté que je ne lui connaissais pas, un sourire est suspendu sur ses lèvres pour le restant de la journée, sa tresse roussie par le henné voltige de droite à gauche et se repose parfois sur un sein tombant comme un serpent qui ferait une halte sur un monticule au bord de l'affaissement, ses allées et venues dans la maison soudainement riante lui donnent l'allure d'une enfant qui va bientôt faire une bêtise, elle aère ses cuisses en remontant sans cesse sa robe d'intérieur qu'elle finit par coincer en nœud entre le ventre et les hanches. Non, je ne rêve pas, ma mère semble être heureuse ! elle fait claquer ses tatanes dorées tout en chantant une vieille rengaine de Farid el Atrhach, Zohr l'impassible l'aide à enlever les chaises, roule une carpette, déplace le canapé et arrange un bouquet de fleurs confectionnées dans du papier crépon, les cornes de gazelles s'entassent en montagnes farineuses, l'huile des gâteaux dégouline dans des assiettes creuses comme la lave d'un volcan de beurre rance tandis que les beignets suffoquent sous un sucre de mauvaise qualité. Les mains de ma mère farfouillent dans une boîte à bijoux, Leyla s'est réfugiée derrière le canapé, je l'entends croquer des bouts de pâtes brûlées.

On sonne à la porte. La fête commence. Décidément, il se trame une nouvelle histoire, même la sonnette de la porte d'entrée n'a pas un son habituel, le carillon se montre plus avenant, plus joyeux aussi. Zohr, la plante maladive, tapote une dernière fois les coussins du canapé, ma mère plante une épingle à cheveux dans sa nuque rouge et court en direction du vestibule. Je reconnais dans un youyou perçant la voix de tante K., immédiatement, nous enlevons de ses gonds la porte du salon pour que notre grosse tante puisse entrer.

Après les interminables phrases de politesse, les baisers qui fendent l'air, ma tante, ma bienheureuse tante, se dirige vers nous. La chaloupe s'engage de biais dans le petit couloir, un souffle violent accompagne chacun de ses gestes embarrassés, je reconnais dans ses bises poussives l'odeur d'un parfum étranger et, soucieuse d'atteindre le canapé, elle accélère la cadence. Rime, sa fille, et donc ma cousine, la soutient tant bien que mal dans sa marche grossière. Rime a quinze ans, possédant encore la grâce de l'adolescence qui fait momentanément oublier qu'un jour elle sera comme sa mère, avec sa lippe à peine pendante et ses yeux bien fendus, elle pourrait avoir du charme cette Mauresque aisément enveloppée si un début de goitre ne lui donnait pas un air de bœuf en rut!

Tante K., épouse de siyed Z., a tété le même mamelon que ma mère, son mari, petit fonctionnaire véreux a fait fortune grâce à un trafic illicite de devises étrangères, c'est pour cette raison que notre tante semble « évoluée » comme dit ma mère un peu envieuse et admirative! Toujours entre Paris et Alger pour ses mises en plis et quelques emplettes, tante K. vient gracieusement nous voir une fois par an pour nous ramener un petit souvenir de là-bas. L'année dernière c'étaient des camemberts, des savons parfumés et un séchoir à cheveux, aujourd'hui c'est du shampooing à la camomille avec une jeune fille nue sur l'emballage, des chocolats, un train électrique pour Leyla et une mousseline légère comme l'air dont je me servirai pour panser mes plaies!

Tante K. s'affale sur le canapé dont les ressorts subitement tendus à mort couinent de douleur, essoufflée, elle évente son visage avec un foulard fleuri, jette son voile derrière le canapé (il tombe sur la tête de Leyla : en plein jour l'obscurité!) puis remonte sa robe jusqu'aux cuisses. La chair dégoulinante s'étale fièrement sur les coussins, un bas noir essaye désespérément de retenir la peau capitonnée mais la graisse dévastatrice troue le tulle afin de respirer!

Une chevelure brune rebondit sur son dos, des ongles démesurément longs prolongent ses boudins de chair congestionnés par des bagues trop brillantes, un paquet de peinture sèche sur ses cils et tombe parfois en poudre bleu marine sur le trait grossier d'un khôl sombre. Un rouge gras entoure sa bouche en forme de sexe et se faufile dans des narines si béantes qu'on peut voir se dresser dans les cavités obscures une tapisserie de poils drus. Son corps? un édredon dans lequel on aimerait bien s'enfoncer tant sa texture semble moelleuse et confortable, mais en regardant de plus près, on oublie vite son empressement! en effet, des veines éclatées dessinent sur sa peau des petits ruisseaux de sang asséchés qui me donnent une soudaine envie de vomir. Elle porte une robe de lin noir, les boutons du décolleté ont sauté, abandonnant derrière eux du fil et une boutonnière béante.

Zohr a disposé près de nous un petit poste de radio. A travers le grillage argenté, les chœurs d'Asmahan nous soufflent des mots à l'intonation aussi sucrée que le grain poisseux de la tâmina*. Tante K., prise subitement d'un romantisme qui contraste avec son corps, balance sa chevelure en

* *Tâmina* : gâteau de semoule.

arrière les yeux fermés, comme si nous n'existions plus, ma mère se relâche à son tour et je l'entends dire avec une voix cassée par le regret : « Eh oui ! », la petite phrase pénètre nos âmes, son point d'exclamation s'enroule autour de nos cœurs et elle se balance entre la tristesse et l'étonnement. Tic tac tic tac fait le métronome de nos entrailles. Bêtement, sans trop savoir ce qui se passe, nous, la progéniture ignorante, répondons en écho : « Eh oui ! »

Unies toutes deux par des souvenirs dont je ne connaîtrai jamais les détails exacts, elles plongent l'orgueil du secret sur le visage, les paumes écartées et le corps engourdi par une extase renaissante dans le fond du temps : l'aube de leur adolescence.

La plage des souvenirs, neuve, étincelante, s'étire et s'étire dans la maison amenant avec elle de nouvelles bâtisses, de nouveaux personnages sous un nouveau soleil. La ville est bien loin. Mon père aussi. Le regard d'un jeune homme, une œillade pour un volet clos, une main derrière les rideaux et derrière plus encore se trame l'histoire d'un amour imaginaire dans une chambre obscure mais au bord de la mer. C'était à l'est d'Alger. Les pétards du Mouloud, la viande de l'après-fête, les histoires sans fin de ma grand-mère inconnue et ses fameux croquets du petit déjeuner. Toujours cet homme en tricot blanc et les pêcheurs la nuit qui sifflent, une main dans l'eau, pour attirer les murènes. Le chant des pêcheurs. Oui, je l'entends à présent. Au loin, sur la plage interdite aux filles respectables. Sous la véranda, deux grillons bourdonnent la nuit, la bonne se lave dans le bac à linge, vieille et fripée, elle empoigne ses deux seins en criant « Mes chiffons ! regardez mes chiffons ! », la fête, le petit frère devient un homme, il y a du sang sur sa robe et du henné sous ses pieds, la fraîcheur de la cour intérieure, les femmes n'en finissent plus de parler et de se rapprocher de leur mort. L'oncle Sam est tombé amoureux d'une Djinnia* et les diablotins valsent sous les paupières des petites filles endormies à l'est d'Alger.

On se recueille sur le passé de nos mères comme on se recueille sur une tombe sans nom ni visage mais avec un silence et un respect grandioses parce que c'est mort et que la dalle le dit bien fort que c'est mort ! Elle nous la crache sa mort, elle la déshabille, l'exhibe avec une pierre apparente pour ne pas marcher dessus et son duvet de mauvaises herbes pour bien montrer qu'il ne reste plus rien. Juste un visage sans nom ou un nom sans visage, qu'importe !

On imagine, on souille, après tout, ça ne nous appartient pas, mais c'est bon de se recueillir, on a du respect à revendre, la foi revient, la solennité s'empare de nos visages et de nos noms, et les morts se bousculent entre les mots et les images.

* *Djinnia* : féminin de Djinn.

Cessez d'y penser! tout est bien fini! une larme
coule sous le maquillage de ma tante, le petit
serpent de sel creuse entre les pores et la crème
une rigole pour se frayer un passage, ma mère
fronce les sourcils mais rien ne vient, juste une
image brouillée par les autres. Ça s'appelle un
repentir.

J'entends des petites filles glousser sous leurs
couvertures. Elles ne savent pas encore. Comme
Leyla. Tant pis. Enfermées, elles le sont, mais au
bord de la mer! les deux femmes sont en train de
forcer sur la vérité. Ce n'est pas grave. Plus tard,
je m'inventerai aussi de furtives amours, de
beaux mâles délicats me lanceront des cailloux à
la fenêtre, des beaux visages sur des beaux noms;
je conterai à mes petites la chaleur de leur grand-
père inconnu, la tendresse de leur grand-mère, à
mon tour je mentirai afin de combler les vides de
mon adolescence; je vivais avant Vous, avant
cette maison sordide, avant votre père cruel! et
elles se sentiront coupables. Comme moi
aujourd'hui. Coupables de s'ennuyer, de haïr
leurs parents, coupables d'en vouloir aux
hommes de la rue, ces troubleurs de sommeil,
coupables d'exposer leur chair coupée pour trou-
ver un brin de plaisir, un fond de mystère dans
cette existence sans raison alors que le bonheur
est si proche, juste là, dans une chambre obscure,
au bord de la mer, à l'est d'Alger!

On arrange son passé comme on peut, surtout

quand on est une femme dans un pays musulman. Oh oui! elles avaient honte d'avoir été enfermées, honte des larmes, de la frustration, honte de leurs rêves! Tante K. simulait sous son voile un soupçon de modernité, mais quand elle sortait dans la rue, il était là, comme un fardeau sur ses épaules et elle l'avait imposé à Rime pour son bien! La plage est interdite aux filles qui se respectent! Elles avaient juste droit à l'odeur d'algues traversant les persiennes, au bruit, la nuit, des bateaux à moteur quittant le port et de l'eau contre la digue; voilà pauvres mères, voilà ce que je fais de vos souvenirs! n'est-ce pas votre propre mère qui vous maria à deux citadins de passage pour vous arracher à votre petite misère, à la chambre close mais située au bord de la mer? Je n'ai que faire de vos souvenirs à la gomme, ils sont aussi faux que le seront les miens! Je vous en veux d'avoir tout reconstitué pour vos filles, là, aucun détail ne vous a échappé! vous saviez pourtant. Vous saviez la douleur d'être là à attendre enfermées. Pourquoi recommencer? de mère en fille la tristesse est un « joyau » dont on ne peut plus se passer, un héritage, une maladie congénitale, transmissible et incurable! Meurtrières mamans!

Après s'être purgées dans le champ jaune du passé, les monstres retrouvent la réalité avec une étonnante facilité. Tante K. essuie son visage avec une serviette en papier, quelques peluches restent accrochées à sa peau vérolée, ma mère s'empare de la théière, elle verse le liquide brûlant dans un verre aux dessins multicolores, une fois le verre rempli, elle ouvre le couvercle et transvase le liquide. Elle recommence sept fois l'opération : ce nombre porte chance. Chance pour quoi au fait ?

Aucune goutte ne s'échappe des récipients, juste la vapeur qui rougit son visage décoloré par le passé. Tante K. la regarde, souffle de plaisir devant les gâteaux gras puis calme son palais avec deux grains de muscat. Ses cuisses volumineuses occupant tout le canapé obligent ma cousine à rester sur l'accoudoir, Rime sourit bêtement et semble préférer sa situation bancale à un pouf moelleux et aguichant mais situé trop loin de sa môman !

Le thé est servi, tante K. rajoute trois cuillerées de miel liquide et aspire bruyamment la menthe chaude en clignant des yeux, elle repose son verre, lance un rot sans crainte ni remords se frotte les mains et nous observe. Elle trouve Zohr encore amaigrie, lui reproche ses côtes, ses veines trop voyantes, son dos ailé et ses genoux tremblants. Tu ne trouveras jamais de mari, Zohr ! vieille fille ! voilà ce que tu es, une vieille fille indécente ! comment peut-on se laisser dépérir ainsi ? qui voudra de toi ma pauvre enfant avec tes yeux cerclés de noir et tes mains de squelette ? ! Zohr ne dit rien, elle se contente de sourire puis ferme son poing gauche pour cacher un anneau invisible : son alliance avec la Mort. A mon tour. Les compliments jaillissent avec une habileté qui ne m'inspire pas confiance. Ils fusent de part et d'autre de la pièce, cognent contre les murs, rebondissent sur le canapé et roulent sous la langue de ma tante. Ma mère est fière. Pas moi. Regardez ces beaux cheveux et ces yeux si grands pour un corps si fin ! discrète avec ça ! le portrait craché de son père ! je lui ressemble, c'est vrai, toujours silencieuse, j'écoute, j'observe. Nous avons deux oreilles, deux yeux mais une seule bouche ! voilà comment j'expliquai mon mutisme à ma grosse tante. Mon air triste ? c'est de famille. Apparemment chez moi c'est un charme supplémentaire ! ma mère ravie lance un clin d'œil pas assez discret à tante K. qui le lui renvoie aussitôt.

Je vous vois. Je sens le complot. A sa façon de gigoter sur son accoudoir avec un petit sourire en coin qui relève sa joue luisante, Rime semble être au courant de la manigance ; Zohr me regarde d'un air compatissant et les objets autour de moi prennent vie, le lustre clignote en frissonnant de peur, les poufs s'éloignent de moi, la glace du salon se fendille, la porte du jardinet claque, une voiture démarre et les dents de ma mère, mauves de raisin, raclent ses paroles comme une râpe à cannelle ! Je me sens encore plus seule parmi ces indolentes bienheureuses. Solitaire dans la foule, irrespectueuse du groupe et de la famille, misanthrope au bord de la mort, que pouvaient-elles comprendre à ma tristesse ? Je la vis seule, je la balade comme un fardeau et parfois même elle me tient chaud. Trop tard aujourd'hui pour m'en séparer !

Les cuisses de ma tante, l'haleine fétide de Rime, tous ces seins ballottant avec la disgrâce des monstres me donnent la nausée. Et maintenant, contre moi, le poids du secret ; la manigance ! Une montée acide transperçante et sporadique soulève mes côtes, congestionne ma peau et noircit mes lèvres. Sombre, fermée, ma bouche ressemble à une tulipe dont les pétales de muqueuse retiennent avec peine les mots de la fureur. Je dois partir avant qu'il ne soit trop tard. Profitant d'un éclat de rire tonitruant, je me lève, m'esquive dans le vestibule et disparaît derrière les murs. Personne ne s'apercevra réellement de mon absence, Zohr peut-être... et encore, tant éprise de sa mariée (la maladie), elle flirte avec la mort loin de nous et ses sourires ne sont adressés qu'à la sournoise qu'elle porte dans son dos.

Je monte dans ma chambre. Les objets me narguent. La fenêtre plus grande que d'habitude affiche fièrement une clarté impénétrable. Derrière le verre : la vie. Loin. Elle se moque. La violence monte l'échine pour atteindre mes nerfs les plus sensibles ; seringue de haine, coupe remplie de coups, bouche aigrie, poings serrés, voilà mon beau corps chère maman, voilà mon âme! et l'écume moutonne au coin de mes lèvres!

Trahison des sens, innommable, je me renverse dans un autre moi : la décadence. Je déchiquette lamentablement un oreiller de mousse jaune, volent, volent, volent, les petits coussinets de ouate! je renverse ma lampe de chevet, le bureau, arrache le matelas du sommier et martelle ses ressorts irresponsables de ma colère, je piétine l'abat-jour, ses baleines blanches détachées de leur axe, dressées maintenant contre moi, blessent mes chevilles. Au sang. Ô sang! J'essuie avec le couvre-lit puis bariole mes murs de teinture d'iode : cloisons de mon exil, comme vous êtes belles ainsi maquillées! Je cogne ma tempe gauche contre la poignée de ma fenêtre, le fer résonne dans ma tête mais ça ne suffit pas, l'ouverture ricane de plus belle. Relique de la solitude, cadre du vide, emblème de l'enfermement et de la frustration, sale menteuse! ton carreau m'a trompée, il ne contient pas le soleil, ni l'air, ni les ombres qui passent sur moi quand je m'approche de toi.

Je fais de ma chambre une cellule mortuaire où les sangs mêlés, les sens sans dessus dessous et les sentences les plus abjectes abasourdissent murs et coussins, tête et corps! les rires des femmes montent l'escalier, s'accrochent à la rampe et attendent derrière ma porte. Je suis épuisée, Attendre, attendre, toujours attendre! J'enfonce mon poing dans la tulipe à présent éclose et arrache le bouton qui m'empêchait de parler, je pose ensuite ma tête contre les barreaux d'une chaise renversée, et, avec une voix dont le timbre m'est inconnu, je dis : « Je t'aime papa, serre ma main de glace et respire le parfum de la tulipe qui saigne. »

Un filet carmin descendit des gencives et sécha sur la gorge béante.

Mon genou est salement écorché. Le pied de la lampe est brisé. Un bout de céramique s'est aventuré dans les méandres nerveux de mon articulation ; un serpent pourpre sort de sa tanière, réveillé d'un trop long sommeil, il s'étire gracieusement sur tout le long de ma jambe, couche fine de vernis frais ou petit ver sanguin, il court à sa guise sur ma peau et s'en va disparaître derrière mon mollet, arrivé au talon, il s'écrase en gouttes larges sur le carrelage et je m'entends murmurer : Ecailles de rouget, pétales de roses embryonnaires, fraises effeuillées, égayez les carreaux de ma prison ! petite symphonie macabre pour fête clandestine des sens désaxés...

J'entends la porte d'entrée se refermer sur tante K., la maison s'allège, ma cheville ressemble à un vitrail bicolore, les veinules dessinent des figurines étranges, un corail éclaté, une plante sous-marine échevelée, perdue, insensée ; les veines se croisent, se décroisent, s'enchevêtrent, elles m'en mettent plein la vue ! j'ai détraqué la machine, sous ma peau des tiges folles gondolent comme le goudron au soleil du mois d'août. Ma langue lèche le carrelage, agile, elle court sur les gouttes déjà sèches, je m'applique comme un chiot qui découvre un nouveau jouet ! grâce à une savante contorsion du buste et de la tête, j'aspire ce liquide qui ne coule qu'en moi tout en espérant faire plaisir à mes veines dépossédées !

Les volets de ma fenêtre claquent, une rumeur en forme de spirale s'élève de la rue, s'infiltre dans ma chambre et fait valser tous les objets. Tornade de cris et de bruits. Des voitures impatientes font hurler leurs carillons. Un autobus s'arrête près de notre maison. Souffle. Ses portes ne s'ouvrent pas tout de suite. Les pneus à l'odeur caoutchouteuse font trembler les murs de ma demeure. Un frisson s'engouffre dans les anneaux de ma colonne vertébrale. Je fais un tour sur moi-même en imaginant le pire. Une autre petite fille a dû se faire écraser. Les bras en croix, la jupe relevée, elle gémissait sous la mécanique de fer plus lourde que le ventre de sa mère. Les voyageurs voulaient descendre pour alléger le véhicule mais les portes coincées par la peur et la culpabilité restèrent closes. Alors, ils tapaient aux vitres. Etourdie par le bruit et le vin de la mort je me relève maladroitement. Mon corps bute contre l'espace soudain noir. Deux yeux. Deux yeux semblables à des bulles d'encre accrochées à un papier glacé occupent ma chambre.

Sombre. Mon père se tient dans le cadre de la porte que j'avais oublié de fermer à clé. Depuis combien de temps était-il là à me regarder danser sur le carrelage cloqué de sang. Une fillette est emprisonnée dans l'asphalte. Savait-il? Je me tiens courbée. Sous le fer, l'horizon n'est plus. La rumeur s'accroît. Le ciel s'embrase, les terrasses de l'Atlas s'effritent et déboulent les cailloux du désert sur le parvis de la capitale. Un vautour accroché à une antenne se balance entre le vide et le vide. Il y a du sang sous les vitres et sur mes chevilles. Du sang d'enfant. Un paysage obscur défile sous ses yeux, tuyaux oxydés, bouches d'aération, grilles à essence. C'est la mort qui l'oblige à regarder. Il fait brûlant. Ses joues sont goudronnées. Au-delà, bien au-delà des pneus un pied court. Une chaussure est tombée dans notre jardinet. Une sandale d'enfant. Mon père me regarde toujours. Savait-il? Les portes de l'autobus s'ouvrent enfin, les voyageurs bourdonnent dans la rue du crime.

Le corps est petit et frêle. Enfin, on devine! Elle courait derrière une balle, il roulait derrière le temps. Sans se voir, ils se sont croisés, sans se connaître, ils se sont enlacés. Une sirène balaye le champ encombré de badauds. Je m'écarte. L'autobus manœuvre de son mieux. Evitons d'écraser l'âme! Sur le côté de la chaussée, un jouet à la main, sa petite amie attend qu'on l'arrache du fer. Plus d'air pour vivre. Il faut partir. Un homme pleure. Je m'approche de mon père. Il respire. Au-dessus de la ville. Ma tête est collée contre ses jambes, sa robe sent bon l'eau de Cologne. De son souffle lent, aucune émotion ne transparaît. Le sablier se vide et se remplit de sang. Il égrène son chapelet en pierres roses. La minute fut longue pour elle aussi. L'autobus repart. Le scalp d'une natte tourne dans le moteur.

Tout est calme à présent. Il n'y a que lui et moi. Et encore beaucoup de choses nous séparent! la loi, la religion, nos sexes et notre haine. Un mince filet de lumière transporte au-dessus de ma chambre le spectre de la petite fille qui joue avec les franges de l'abat-jour. Je voudrais dormir sur un banc, me cacher dans une ruelle escarpée, je voudrais nager sous le soleil, courir dans la ville, pisser dans les cages d'escalier, et me battre comme une chiffonnière, je voudrais manger avec les Mozabites, flirter avec le chauffeur du bus, boire du café dans un café et déchirer les voiles des Sarrasines, je voudrais m'allonger au pied de la statue des martyrs, graver mon nom sur la dalle des saints et mourir dans l'ombre de l'arbre du Ténéré, je voudrais me fondre aux bruits de la rue, regarder les hommes dans les yeux, taquiner les rats et nourrir les fous, j'aimerais être un bâtiment, une dalle sacrée, une pierre tombale, une fleur piétinée! est-ce donc cela la liberté papa?

Il était sur le corps de ma mère et il pleurait. Il s'énervait en gémissant sa peine et je le regardais!

Mâle parmi les femelles, il n'engendra que trois corps au sexe béant. Honte à lui! Où va-t-il se cacher pendant la journée? Il m'a vue naître. Il m'a vue nue. Et il pleurait encore. J'avais ses yeux pourtant. Il pleurait la tête dans les mains, un rat sauvage sous le ventre. Il s'est écarté du triste spectacle, le sol se dérobait, les dieux le punissaient. Une fois de plus. Pauvre papa! Dans la rue, les voisins le montrent du doigt, les platanes s'esclaffent, les murs rigolent, la famille se moque, les petites filles meurent d'insouciance et les hommes s'étreignent pour se consoler. Le glas retentit, l'animal malade rôde à la recherche d'un abri mais son royaume n'est pas le mien! Je tends mes bras vers lui, rien ne bouge sous sa robe de femme. Affublé d'un pénis, il doit prouver. Toujours prouver! Avant, il n'avait pas de moustache, juste un léger duvet noir à peine visible. Maintenant, des boucles drues se dressent orgueilleusement au-dessus de la fente muette pour bien montrer la différence!

Doigts effilés, ongles soignés, muscles imberbes et nez à peine busqué, le mâle-femelle se tenait sur le pas de la porte interdite quand elles ont saigné. Dehors, la petite fille agonisait. Dedans, j'ouvrais mes veines et appelais le plaisir. Solitaire, indécent mais bien mérité! Les badauds s'étaient arrêtés de marcher, les voitures de rouler, vautrée dans le « bonheur », je léchais le liquide satanique, reniant ainsi les règles religieuses, oubliant la présence oppressante de mon père dans ces murs de l'ennui. Ecrasée par l'engin, elle soupira une dernière fois et la nuit arrivait en plein après-midi. Balayant le soleil du mois d'août, elle transportait dans un rideau noir les angoisses des enfants et les regrets des mères négligentes. Hasard? Coïncidence? Infortune? Je jouissais pendant que la petite fille s'endormait. La ligne du passé coupait la ligne du présent en un point grossier : le point final de la mort.

Mon père ne bouge toujours pas. Moi, je ressemble à un prieur. Je veux sentir ses doigts entre mes mèches, ses ongles dans mon crâne, je veux qu'il me décoiffe puis me recoiffe à rebrousse-poil, je veux la marque de ses doigts sur mon front et l'os des genoux dans mon ventre. Comme une chatte étourdie par l'eau de Cologne, je cligne des yeux et lui donne quelques coups de tête affectueux. Rien. Pas un mot. Pas un geste. On a mis un enfant dans le tiroir d'une morgue. Je veux sentir son corps contre mon corps, voir ses épaules se baisser pour bénir le fruit de ses efforts. L'école a fermé ses portes depuis longtemps. Il manque quelqu'un à table. Je veux découvrir son corps de femme. Le blanc est aveuglant. Ce n'est pas pour cette raison que mes cils sont tombés. Découvrir les formes déli-

94

cates avec ma peau, mes veines et mon cœur. Pas d'attaches possibles hormis deux cuisses trop serrées. Le bruit d'une respiration encombrée par la haine occupe la totalité de ma chambre. J'allais payer. Demain. Ce n'est pas lui qui me punira. Trop écœuré il n'ose bouger. Un autre homme s'en chargera. J'ai souri. Il m'a vu sourire. Insulte suprême dans cette maison où la joie est prohibée. J'ai crié, j'ai léché, j'ai aimé un corps sorti de mon corps, un sens échappé! Son amie, assise sur un bout de trottoir réparait une poupée brisée. Je baise ses sandalettes d'intérieur. Le cuir est fort. Il se disperse en plusieurs petites courroies puis s'arrête, coupé par une grosse boucle. L'épine d'argent griffe mon menton. Arrivée aux chevilles, j'enfouis ma tête sous la robe semblable à un drap de noces qui n'a pas encore servi. Je monte dans l'ascenseur des sens. Accompagnée par la peur, je poursuivais l'étrange chemin de l'émotion quand un coup de genou violent me fit basculer en arrière. Dans un éclat de rire diabolique, je m'étalais sans retenue sur mon odieuse décadence. Le sang avait séché depuis longtemps, emprisonné par les rainures, il encadrait de rouge les carreaux de ma prison. La porte qui s'est refermée derrière lui clôt symboliquement mes vieilles espérances. Je sais maintenant. Je sais qu'il ne me donnera jamais ce plaisir que j'invente avec peine dans mes mutilations volontaires. Je ne demandais pas grand-chose! un baiser, une caresse, un sourire... Je me serais même contentée d'un soupir !

Non. Il a préféré me laisser à la solitude. Effroyable solitude qui donne aux plus faibles l'envie de mourir.

Seul homme de la maison, j'oubliais avec une étrange facilité les liens du sang, faisant ainsi du géniteur aux yeux indiscrets un objet de convoitise et la cause première de nos maladies respectives !

La plainte de la rue se meurt dans une rue voisine, un courant d'air fait claquer la porte d'entrée, l'unique arbre du jardinet étire sa branche principale, le portail s'entrouvre : une petite fille s'agrippe aux barreaux de fer forgé.

Dans le fond d'un tiroir froid, un enfant attendait qu'on vienne le chercher.

Quatrième partie

Je me risque à ouvrir ma fenêtre, la réverbération est de mon côté, personne n'osera brûler ses yeux pour un dérisoire contre-jour! Ivre d'air, étourdie de soleil, je m'accroche à la rambarde de l'avancée de pierre pour ne pas vaciller sur le carrelage, écartelée par les faisceaux lumineux, je ressemble à une sainte étrangère s'apprêtant à énoncer le dernier commandement. Dominatrice des Mauresques, porte-parole du silence, maîtresse des Hommes et des choses, la rue, la ville, le monde m'appartient! je suis la veine centrale de l'événement, le premier moteur des êtres, la libératrice des citadelles d'antan, la Cassandre du nouveau siècle! Je détiens la perspective, maintiens l'horizon et rien n'échappe à mes pinceaux marron, supports sensibles de l'émotion.

Une voiture insupportablement longue me tire de ma rêverie. Le pot d'échappement crache une dernière fois son haleine fétide et se meurt dans un râle terrifiant qui surprend deux jeunes hommes assis non loin. Les pneus brûlants, à présent en veilleuse, crânent sous le soleil, leurs enjoliveurs brillent en sphères argentées venues d'une autre planète, bien au-dessus de la lune. Que fait cet engin de malheur sous ma fenêtre, dans ma rue, au beau milieu des bidonvilles et des ordures ? Qui se donne le droit de venir nous enfoncer encore plus dans la grisaille de la tristesse au soleil ? qui ose troubler nos enfants du manque et du désœuvrement ?

La mécanique rutilante se démarque des trottoirs et de la couleur du macadam, avec un air orgueilleux, elle accentue la vieillesse et la précarité de ses semblables. La rue est calme, quelques murmures animent les platanes, les rideaux d'en face bougent, une vieille bonne fouette des couvertures pour les délivrer des rêves et des péchés qui ont fermenté sous elles la nuit précédente.

J'entends au loin le trolley gagner le centre de la ville, un monstre noir a brisé le naturel de la rue, l'audace des hommes, la quiétude des enfants, mille paires d'yeux exorbités traversent l'air pour regarder la belle se pavaner, l'insecte rutilant déploie une de ses ailes, un homme « encasquetté » sort péniblement de l'obscur véhicule. Probablement le chauffeur, pensons-nous tous secrètement. Debout entre une poubelle et un caniveau odorant, il lisse son costume froissé, étire ses bras vers le ciel comme pour implorer la miséricorde de Dieu, la cambrure de son dos, le pli défait de son pantalon, les deux sphères humides traversant sa veste de travail montrent combien le voyage à travers la misère fut pénible. Un garçonnet extasié par la curieuse présence de la « ferraille » longiligne s'approche du radiateur, le chauffeur le regarde d'un air amusé tout en inspectant avec un chiffon-mouchoir le devant de la voiture ; le travail terminé, il attrape le petit par le bras et l'étourdit de questions chuchotées si bas que j'ai du mal à entendre ce qui se trame sous ma fenêtre. Après de longues tergiversations, le garçonnet se gratte la tête et, d'un doigt traître, il désigne ma chambre. Satisfait, le chauffeur lui glisse une pièce dans la poche revolver de son pantalon et le pousse gentiment loin de la voiture.

Ma chambre étincelle dans la rue, je suis suspendue à un trône en or massif, l'attention de tout un peuple avide de savoir est braquée sur moi ! gênée par ce nouvel intérêt qu'on me prodigue sans même me demander mon avis, je m'accroche de plus belle à la rambarde tout en soutenant le regard du chauffeur-rieur. Je ne suis pas sûre mais je crois apercevoir à l'arrière de la voiture une silhouette masculine cerclée d'un halo de fumée bleue. Oui, il y a quelqu'un, le chauffeur remonte dans sa cabine de pilotage et je le vois distinctement se tourner vers le fantôme enfumé. Une dernière fois, il regarde ma chambre puis fait vrombir son outil de travail. La déesse noire quitte lentement ma rue, sur la plage arrière, deux énormes yeux me lancent une flèche en plein cœur. D'instinct, je hurle bête-ment : « C'est trop tôt! »

Les hommes des platanes enchantés de voir enfin mon visage ricanent d'excitation. Je leur fais un bras d'honneur. L'incident est clos. Mes rideaux aussi.

Le lendemain, le surlendemain, l'après-lende-main du surlendemain accueillirent la même mascarade. Des hommes des rues voisines étaient venus exprès pour assister aux derniers instants de la voyeuse ; on raconte qu'une compagnie de transports avait organisé une excursion spéciale pour faire profiter les campagnards de l'aven-ture ! les bonnes attendaient à l'abri du soleil sous des parasols installés pour la cause, les enfants occupaient la totalité des trottoirs, les cages d'escaliers, les arrêts d'autobus, certains s'étaient fabriqué des petits tabourets de plaisance, d'autres se risquaient même jusque dans le jardi-net des Aouz Bek ; une marée humaine occupait la rue jadis silencieuse et les autres jeunes filles regardaient d'un air inquiet la petite fin tragique de leur compagne. Tard dans la nuit, des voitures se rangeaient devant le poste stratégique, toutes les feintes et toutes les audaces étaient bonnes pour saisir la situation de l'ultime, le coup de couperet fatal à Fikria. Sous sa fenêtre, un essaim d'insectes bourdonnait en attendant le miel de l'histoire, la sève de l'aventure. La voiture arrivait aux douze coups de midi, le chauffeur descendait et, comme un héros d'un jour, il recommençait son petit tour de ronde devenu maintenant familier aux occupants de la « rue du Phantasme ». Il s'était fait des amis, même l'épicier rougeaud daignait quitter son tabouret pour lui servir un café ou pour discuter le coup, trop content de parler au complice privilégié de l'auteur de l'histoire. Le propriétaire ne sortait jamais de sa voiture.

Fikria voulait juste voir son visage mais l'homme savait qu'il ne fallait pas dévier le cours du destin. Rester fidèle à la tradition. C'était ainsi, ce qui devait arriver arrivera, le tout était de choisir l'instant propice, le temps le plus parfait. Il prolongeait l'inquiétude de la jeune fille avec un malin plaisir en restant tapi derrière les vitres fumées de son véhicule : son masque de fer !

Les cors et les basses la prévinrent du danger mais la femelle amoureuse de l'air et de la lumière continuait à valser entre un rêve et une mince ouverture spatiale, un fragment de liberté qu'elle humait à perte d'haleine ; elle s'accrochait à la pauvre rambarde qui essayait désespérément de blesser ses doigts pour la faire reculer mais Fikria n'avait jamais mal à cause des choses ;

pendant toute son enfance elle avait cultivé dans son jardin la fleur de l'observation et par une curieuse osmose ratifiée par le pacte du sang, elle devenait elle-même objet, chose, matière. Fikria, la Mauresque intellectuelle s'amusait à épier sans être vue et pourtant, depuis des mois, elle ignorait qu'un terrible complot se tramait sous sa chambre : elle allait devenir une femme. Une femme sous le corps d'un homme.

Voilà une semaine que je suis terrée dans ma chambre, j'ai tiré les rideaux, mis mon bureau contre le hublot, j'ai cloué le bec de la fenêtre en entourant sa poignée avec une ficelle de *fortune* trouvée dans le cœur de ma couverture, j'ai colmaté ses rainures pour étouffer les cris de la rue suppliante, ouais, j'ai lâché prise mon Dieu, ça vous étonne ? Prise à mon propre piège, la mainmise jetée autrefois sur la rue fut exquise mais aujourd'hui, incomprise impie, je suis prise au filet par une entreprise terrifiante. Aux douze coups de midi, le chauffeur fait vrombir son moteur, la rumeur s'accroît, les trottoirs applaudissent et le bourreau brûle mes derniers instants de liberté en grillant d'un coup de soufre ses colonnettes de tabac, les minutes partent en fumée. Je suis faite. Nue, je déambule dans mon antre avec pour unique compagnon le miasme putride de mes entrailles à demi mortes et l'air tourmenté de ma nageuse. Je fends l'air avec un cintre démonté en fouet honteux de son corps gondolé et lui ordonne des flagellations rapides, cassantes mais inefficaces. Même ça. Je ne sens plus rien. Ma mère ne vient pas me voir, mon père a momentanément disparu de la circulation pour monnayer mon destin, mes sœurs, fidèles au poste, ne pensent plus qu'à leur survie ! la nuit, j'entends ma génitrice fouiller dans son placard, dans son coffre à bijoux et dans sa boîte à idées ; elle me pose désormais mon déjeuner à la porte de ma chambre, j'attends qu'elle s'éloigne pour ouvrir. Nous ne devons pas parler. J'ai encore le bénéfice du doute !

Je regarde autour de moi, l'horizon est coupé, l'espace scalpé de sa grandeur ne me renvoie qu'une image affligeante et pourtant familière, je reconnais en effet dans une silhouette brouillée par un esprit toujours incertain, toujours en quête de je ne sais quel phantasme, le dessin en demi-teinte de mon corps au bord de la mort. Par un mouvement réflexif et du coup positif, mon regard a pris une curieuse initiative, il s'est retourné vers moi, me jetant en pleine figure l'image tragique mais peu nouvelle de mon existence inutile qui me mène sans détour vers un paysage abyssal : mon décès.

Oui, la mort était bien là. Profitant de mon état d'inattention ou peut-être d'extrême attention, elle s'était glissée sous ma porte quittant momentanément Zohr pour lui laisser un répit d'une nuit : nuit fatale à Fikria... Assise au bord de mon lit, les coudes relevés en os sans chair, la faux entre les jambes, la tête chauve et le crâne escarpé, du noir autour des yeux et le sexe disparu, la mort me proposa un dilemme sagement monstrueux. C'était lui, l'homme sans visage de la voiture ou elle. Elle ou lui ? Lui ou elle !

Je réfléchissais. Elle, je connaissais son visage et ses intentions, elle habitait depuis longtemps la maison, fricotait avec ma sœur et je connaissais déjà bien son odeur ! que dire de plus sinon qu'elle ne m'emporterait pas injustement mais qu'elle avancerait juste un peu mon heure ! elle déréglait les aiguilles du cadran temporel en affolant sa trotteuse, c'était tout !

C'est alors que, inconsciente, je m'emparais du cintre démantibulé. Si je ratais mon coup, ma vie serait marquée du sceau du péché et ma famille serait mise à l'index jusqu'à la fin des temps ! Deux secondes d'hésitation, deux relents de remords et puis, au diable les « convenances » !

Il fallait que je le calme. Qui donc ? Mais ce sexe béant qui ne cessait de s'élargir depuis des mois pour accueillir un nouveau venu, une nouvelle peau en forme de cône ! A présent, il touchait l'intérieur de mes cuisses, et pesait lourdement dans l'air lorsque je marchais, il avait grandi le petit salopard et une mécanique complexe s'était mise en marche à l'intérieur de lui, à l'intérieur de moi. Petit bec de lièvre, petite anomalie héréditaire, petit traître, petite ordure! bientôt il se prolongerait jusque dans mes entrailles libéré de sa paroi sacrée à laquelle je ne pouvais accéder, même avec mon doigt le plus long! Oui, il fallait le calmer!

La dame en noir m'aida à m'allonger sur mon lit. Buste droit, bras tendus, mains prêtes, mes deux jambes relevées comme des accolades entourant le mot maudit agrandissaient considérablement mon champ de vision, l'ampoule électrique braquée sur mon « entre-fête » rose et strié éclairait une forme triangulaire, à la fois sombre et éclatante, pulpeuse et anémiée, vivante et presque morte; j'écartais les deux petits coussinets noirs quand en pleine lumière l'oursin décortiqué m'affligea d'un nouveau sentiment : la PEUR! il bougeait, geignait, suppliait et une de ses larmes opaques roula jusqu'à ma cheville droite. Devais-je, ne devais-je pas? là était la question! Pressée, pressante et autoritaire, la mort ne me laissa pas le temps de répondre, elle m'inséra la tige glacée qui commençait un curieux voyage à travers la nuit de mon plus intime intérieur. Tout de suite, elle trouva l'ouverture. Pétrifiée je ne pus rien faire pour l'arrêter. C'était trop tard. Butant contre l'édifice mou et rocailleux, s'accrochant à mes muqueuses, s'enfonçant de temps en temps dans un sable mouvant, elle parcourait la tuyauterie de ma machine sans tenir compte de mes plaintes à

108

demi étouffées par un oreiller complice et compatissant.

La tige de fer remonta loin le cours de l'Oued asséché, broussailles, cailloux, flaques, rien ne put l'entraver dans sa course contre le noir! gondolée à souhait, elle arrivait à sauter les haies, les trous, les dentelles et les pics matelassés; quand une douleur aiguë m'ébranla : la tête chercheuse était enfin arrivée. Elle piqua net, se recula pour prendre de l'élan et, les yeux bandés mais l'esprit clair, elle me seringua une douleur si grande que je manquai arracher ma langue. En dépit d'un flot carmin qui vint'apaiser la brûlure inhumaine, elle continua plus haut et, sous la peau de mon bas-ventre, je la vis faire la danse du serpent. Comme un enfant découvrant un nouveau jöuet, le petit cintre s'amusait à l'intérieur de moi, piquant au vif les plus gros organes, taquinant les plus petits, contournant les plus longs, puis, brûlé par les rouages de la mécanique en marche, il sortit incandescent de la blessure pleine de sang qui ne cessait de couler sur mon drap. J'avais l'impression de me faire longuement vidanger, tout sortait, les espoirs de ma mère, la souillure, la pureté, l'impureté; l'obsession, la cible de mon futur époux et je m'assoupis dans un grand éclat de rire!

Etais-je morte ou semi-consciente? Je ne sais plus. Je me souviens uniquement d'un rêve, un simple songe qui occupa toute la nuit.

J'essayais de lui échapper en me tenant à la lisière de l'éveil, les yeux entrouverts et une main tendue vers l'interrupteur mais il insistait. Lourdement! Mon corps cédait alors à l'appel du sommeil par des soubresauts continus et désagréables, et le rêve recommençait, semblable au précédent.

J'étais dans une clairière brûlée par le soleil du mois d'août dont les bords sont cendre et alpha, levés vers le ciel, les épis secs picotent mes mollets, la sécheresse du plan sans encombre me désole. Pas de surprise, qu'un terrain défraîchi. Autour de lui, une forêt dense respire bruyamment. Le chant des arbres qui saignent m'appelle, sans crainte, j'abandonne alors la clairière, lieu inodorant dont la stérilité est évidente. Et je crie : « Adieu surface neutre et attristante, me voici dans la serre aux bruits disparates, aux bruits de la ville, aux bruits de la Vie! »

Je m'approche de la coupe pleine dont le givre réchauffe plus qu'un soleil incendiaire ; sous mon pas impatient, les herbes crissent, hurlent et s'étreignent, j'aplatis les friches et inaugure le premier sentier parmi les coiffes vertes des racines inhumaines, une liane indisciplinée s'enroule autour de ma nuque et me raconte l'histoire de sa corde qui s'effiloche sans jamais se briser, les veines des troncs ouverts battent au même rythme que la pousse rapide et irréelle d'un bouquet de vinaigrette tandis qu'un champ de fleurs sifflote dans le vent des collines lointaines, leurs pétales protecteurs s'ouvrent à moi et je découvre les boutons de velours multicolores : réservoir de sève et d'Amour. De fraîches coulées de résine embaument la forêt et le temps, glissent entre les fissures des vallons terreux et bouillonnent dans mes mains, les ramifications des végétaux s'enlacent dans un mouvement lent et majestueux puis ondulent comme le serpent qui serait fils d'une mante religieuse aveugle et sans pattes, enivrée par ce surplus de vie, j'enduis mon visage d'extase sécrétée généreusement par les arbres mobiles, je me roule dans l'herbe, déclame des vers bucoliques et bénis la nature, le vin et la jouissance! les tiges transparentes massent mon corps, embrassent mon visage et l'humectent d'un délicieux parfum ambré, la lymphe court le long des membres verts et le cœur de la terre tambourine pour accélérer le flux sanguin des viscères végétaux, les tournesols tournent, les cigales sautent, les criquets cinglent, les tulipes enfantent et les diamants jaunes ornent les vieux troncs, les gardénias gardent, les roses rusent, et un tapis de capucines surgit de la terre! une colonie de fougères se joint à nous et entame une danse folklorique autour de moi, vêtues de tabliers verts elles sautent sur leur unique pied en claquant l'air avec une cape dorée, coiffées de bonnets émeraudes, elles s'émoustillent devant des criquets en rut et, sous

111

mes yeux, s'opérait l'étrange alliance de deux natures incompatibles.

Fascinée par l'écosystème fou, je gisais sur le sol les yeux grands ouverts, avide d'images et soûle d'oxygène.

L'insatisfaite creusa la scène en délire pour réveiller les habitants du centre de la terre ; les nouveaux invités se joignirent aux danseurs et une ronde étourdissante d'insectes et de verdure prenait place au-dessus de l'air. Mousses, fourmis affectueuses, vers rosés, plantes grasses, fougères affamées, cicindèles, hannetons, carabes multicolores, bouquets de nèfles, pistils, trèfles, doryphores et boutons bleutés s'enlaçaient sur une musique enchanteresse : l'Hymne à la Vie ! les criquets frottaient leurs élytres d'or, les cigales s'égosillaient, les tournesols jonglaient entre les basses et les aigus, les gastrulas gloussaient, les phalènes paresseuses ronflaient, et sur une source givrée, une mante religieuse jouait du triangle ! hautbois dans le bois des arbres, cordes dans les lianes indisciplinées, cors dans mon corps, clochettes dans les gattiliers, trombones dans les tiges longilignes, flûtes magiques dans des roseaux solitaires, l'orchestre assurait le rythme et des sirènes lointaines chantaient en écho. Soudain, la terre accoucha par césarienne d'un monstre noir, fluide et odorant : une nappe de goudron jaillit sous les pieds des danseurs et se dressa en colcrete, dure et infranchissable.

112

Les coléoptères se turent, le colin-tampon arrêta ses tambours, effrayés, nous étions tous là à contempler notre destruction. Ivres et insouciants, nous avions bu dans la coupe de Médée et maintenant la lymphe des colchiques courait dans nos veines empoisonnées. Le goudron envahissait peu à peu la forêt, emprisonnant danseurs et musiciens dans des tombes coniques. Les roses n'étaient plus que de désolantes pierres noires, la cérémonie s'était brusquement arrêtée, un étranger avait troublé la joie et voilé le soleil de nos sens.

Les arbres recouverts de croûtes gémirent une dernière fois et sur nos lèvres se dessinait l'horrible grimace du regret de la fête. Nous étions trop heureux, il fallait payer. Une gaine de béton emprisonnait les fougères, des crinolines goudronnées entouraient les hanches fines et délicates des fleurs sifflantes, un criquet réfugié sous ma chevelure bourdonnait comme un mauvais garçon tandis que le creux de ma main abritait le corps défunt d'une bête à bon Dieu. Plaquée contre le sol, je ne pouvais pas bouger, une toile épaisse recouvrait ma peau, l'araignée du mal me punissait en plantant ses antennes velues dans le plus profond de mon être ; la douleur de l'extase suspendue rompait avec force mon ventre d'où sortaient en une colonie de chairs monstrueuses mes entrailles nues et écarlates. Un dernier regard en direction de la clairière paisible et silencieuse : impossible de la regagner. Il ne restait de moi qu'une empreinte difforme : un corps noir au ventre béant.

Je me réveillais à ce moment-là avec la bonne surprise d'avoir un ventre intact ! je transformais cependant mon rêve en présage. Mauvais présage ! par le biais de métaphores séduisantes il m'avait conduite pendant la nuit vers ma fin tragique, la clairière était ma chambre, triste mais tranquille, la forêt était l'au-delà de mes murs ; cette forme obscure, ombre habile et trompeuse était l'idée vraie d'un goudron qui avait eu le pouvoir de m'asphyxier ! la serre bruyante avait un attrait irrésistible mais son sol renfermait un monstre noir auquel personne ne pouvait échapper. Pas même le soleil !

Ce matin, plus de trace de la mort. Enfuie avec la nuit, mes rêves et mon soupir, elle m'a abandonnée sans espoir de la revoir. Tu n'es pas à la hauteur, me souffle la nageuse d'un air désabusé. Zohr est plus forte. Toi trop impatiente. Mon drap impeccable recouvre les dernières étreintes imaginaires de la phase paradoxale du sommeil ; mon bureau remis mystérieusement à sa place est encombré de cintres aux triangles intacts, finis sur leur sommet par un hameçon métallique. Ma fenêtre est entrouverte, le cordon qui bloquait sa poignée est à terre. Quelques rayons viennent s'emmêler sur mon carrelage, il fait déjà très chaud. La rue est calme. Un voile blanc passe et repasse sous ma fenêtre, trois fillettes à cheval sur une caisse de plastique orange s'amusent avec les pieds d'une table que le temps a fracassée. Pas d'hommes pour l'instant, pas de désir non plus. Juste des vieillards en train de jouer sous les branches pleureuses d'un platane quinquagénaire. Le trolley anormalement vide traverse la chaussée sans même s'arrêter. Sous ma fenêtre, un voile blanc passe et repasse, dans une poche, une main égrène les minutes de la première aube. Les jeunes filles des maisons voisines lissent leurs cheveux derrière la dentelle d'un rideau plus transparent que d'habitude. J'entends au loin le chant d'un saint solitaire. Les pics de l'Atlas dressés en blocs noirs protègent le désert de la ville ; les Touareg marchent déjà, ne se souciant pas d'une pauvre fille condamnée au bûcher. La rue est calme. Il semble faire très chaud dehors, ailleurs, à part.

Je relève ma chemise de nuit, un peu tremblante et suspicieuse mais bien vite, très déçue. Mon sexe intact apparaît dans un nouvel éclat : l'Ironie. Il nargue la pièce, les objets, l'étonnement, la question. Est-ce le même qu'hier, avant-hier, est-ce celui du ventre de ma mère ? Oui, c'est le même. Pur, vierge. Un sexe d'adolescente sur un corps d'adolescente. Un sexe traître, soigné, prêt à accueillir un inconnu, prêt à satisfaire l'orgueil, l'espoir et l'attente de la famille, un sexe obsédant qui dérange la jeunesse des filles, les rêves des hommes, un sexe convoité, désiré, imaginé mais rarement satisfait. Centre de la silhouette, épicentre du plaisir, il étale aujourd'hui sa malice en brillant de tous ses feux comme un emblème cousu que je ne peux arracher de son plastron. Voilà, je gis sur mon lit, la bouche pâteuse, et les bras ballants avec pour seule compagnie le blason sacré, le drapeau de la patrie, la cocarde de résille noire!

La rue est à présent déserte, les vieillards ont abandonné leur platane, les fillettes leur jouet de fortune. Il ne reste plus qu'un chant morne et monocorde, celui des jeunes filles cloîtrées, requiem pour le vide, le tragique et maintenant l'inutile! A quoi vont servir nos fenêtres, nos rideaux, nos volets? plus rien à regarder, plus rien à attendre, plus rien à entendre. La mélodie de la mort tombe des murs, court sur le macadam puis, fuyante elle aussi, elle s'en va rejoindre les déserteurs. Etirée par une lumière énigmatique, la rue se prolonge jusqu'au port. La vue est distincte, l'horizon débarrassé de ses formes encombrantes livre sans crainte ni pudeur son secret : le Port. Dernière avancée de terre, no man's land de nulle part, transit intemporel, ultime instant, digue irréelle, temps d'arrêt entre le rien et le rien, bordure du néant, épouvantable vide, le port est le dernier rempart de la prison. Les travailleurs embarquent, débarquent, ficellent, entassent, valises, couffins, sacs, colis; certains dorment sur les vieux chariots de l'exil, d'autres se sont fabriqué un nid de sommeil au coin d'un quai poisseux. Les hommes s'en vont. Ils nous quittent. Abandon. Quai terminal. Décision irrémédiable. Dans un silence solennel, ils forment une chaîne solidaire entre la terre et la

117

mer, pas de bousculades ni de cris, juste un murmure : celui de la désolation. Les bateaux ouvrent leur gorge goulue et les tignasses noires, main dans la main, montent dans le vaisseau sans fenêtre ni femme, la peur aux trousses, l'espoir de l'autre côté de la mer. Quelques bras s'agitent au-dessus des rambardes du pont et les adieux anonymes se meurent dans l'exquise lumière d'une journée sans temps.

Fatigués d'attendre, épuisés de surprendre, les hommes de la rue ont quitté ma rue. Restent là, seules fidèles, compagnes désolantes et fautives de la fuite, les jeunes filles des fenêtres closes ; aujourd'hui, le chant des Mauresques pleureuses est curieusement dédié aux troubleurs de sommeil, de fête et de faits, aux exilés du pays de l'infortune et du retranchement, aux fuyards peureux, traqués par la loi divine et toujours tendus vers un ultime espoir de repos, un dernier salut.

Et je me mis à prier avec elles.

Agenouillée devant ma fenêtre, je mêlais à mon chant des prières directement adressées à Dieu ; je n'implorais pas sa grâce uniquement pour moi, je voulais surtout qu'il délivrât ces pauvres petites de l'enfer. Mes pleurs brouillèrent mes mots. Impuissante, je n'arrivais qu'à émettre un beuglement de chien enragé, vautré sur le carrelage, exigeant, orgueilleux de ses plaintes, malheureux de sa proche défaite. Com-

ment Dieu pouvait-il comprendre ces sons guttu-
raux, vides de sens, comment aurait-il pu
réconforter une jeune fille hystérique roulant à
ses pieds, une victime de la solitude forcée, obsé-
dée par son sexe ? Je souhaitais que tout cela ne
fût qu'un rêve, les maisons, la rue, les cris,
l'homme de la voiture, les Sarrasines enfermées,
moi, je souhaitais regagner mon tableau, la plaine
délaissée, le cadre et son ciel figé ! A mon tour,
j'allais partir. Je ne pouvais abandonner mes
compagnes avant de savoir quel lien réel nous
unissait. Il fallait que je sache. Il fallait qu'elles
sachent. Nos larmes, nos angoisses, la tragédie.
Ma haine et leurs visages. Nous étions là dans la
même rue avec pour unique écart un dérisoire
numéro. Dérisoirement différent ! les hommes
n'étaient plus de ce quartier, nous pouvions alors
ouvrir nos fenêtres, nos mains, nos bouches.
Rien. A quoi bon d'ailleurs ! Dieu n'est ni un
anatomiste compatissant, ni un exorciste de sexe !
   Soudain, ma maison se mit en branle. La
fenêtre claqua, la nageuse prise de frissons
déchira un coin de son image, la tête dans le vide,
elle me lança un dernier signe de pitié. Ça venait
de ma porte. On administrait des coups violents
contre le bois de ma petite chambre. J'ouvris. Des
paumes serrées, haineuses et dubitatives, un air
béat et des sourires complices me firent front. Ma
mère et tante K. se tenaient sur le seuil de mon
refuge, à la fois impassibles et impatientes,

noires et joyeuses. Zohr les suivait, les bras encombrés d'un broc plein d'eau, d'un rasoir posé sur une serviette pliée en quatre et, coincé entre sa gorge et son menton un pot de henné. Ça y était. Mon heure avait sonné sans même que je l'entende, sans même que je remarque l'alliance entre la grande et la petite aiguille. Dans l'ombre de Zohr je reconnus une grande dame revêche qui me murmura au passage : « Je laisse l'homme faire mon travail. Sacré travail ! à bientôt. »

Comme trois médecins tortionnaires, les femmes formèrent une ronde autour de moi ; l'une d'entre elles prit soin de pousser la porte et de tirer les rideaux. Ma mère me fit asseoir sur le lit, enleva brutalement ma chemise de nuit et arracha sans prendre garde l'élastique de ma chevelure. Les cheveux ébouriffés, le visage congestionné et les cuisses ballantes je laisse opérer. Aucun goût pour la révolte juste celui d'une larme amère au fond de ma gorge. Tante K. souleva mes deux bras, Zohr humecta mes aisselles et la lame de rasoir froide et aveugle parcourut mon corps en s'attardant sur ses parties les plus intimes. Tout d'un coup, je redevenais enfant et maudissais le petit bout de chair fendue qui ricanait à mes dépens, un simple coup de lame magique et mon sexe retrouvait sa jeunesse d'antan, doré et joufflu avec un sourire moqueur marquant une ligne bien distincte entre ses deux lèvres.

Ma mère écarta mes mains en éventail à grosses baleines roses, elle appliqua sur mes paumes et le revers de mes phalanges le liquide porte-bonheur, puis la texture orangée vint colorer la plante de mes pieds accompagnée d'un délicieux chatouillement qui fit frémir ma poitrine. Même elle était passée sous la tondeuse, les petites virgules noires qui entouraient jadis ses auréoles plus mates que le reste du corps avaient disparu, une aiguille invisible avait percé de-ci de-là ma chair mamelonnienne, et je découvrais entre mes deux seins le pointillé d'un poil qui se souvient...

Pendant le long nettoyage d'été, les femmes parlaient. Et par le biais de quelques phrases insipides, j'apprenais le strict nécessaire mais le « assez suffisant » : la moelle de ma prochaine histoire.

« Oui ! il est riche !

— Mabrouk ma fille, mabrouk* !

— Siyed Bachir voyons !

— La voiture idiote ! la voiture...

— On dit qu'il a attendu sept jours et sept nuits.

— Le temps d'une histoire !

— Je suis fière, fière, fière !

— Demain si Dieu veut, la grande fête !

— Bien, bien.

— Il est riche, très riche !

— Mabrouk ! youyouyouyouyouyouyouyouyou!!!!

* *Mabrouk* : félicitations.

121

— Tu es la plus belle ma fille, la plus belle!
— Youyouyouyouyouyouyouyouyouyou!!!!!
— Mabrouk alik! »

C'est ainsi qu'on m'arracha à ma solitude.

Le travail fini, les femmes me regardèrent fièrement. C'était propre. Net. Elles ne remarquèrent cependant pas le petit grondement du sanglot qui geint avant de se transformer en larme. Là, juste coincé entre le thorax et l'estomac. Elles prirent soin de fermer la porte à clé et je m'allongeai dévêtue et abandonnée, une dernière fois sur mon lit d'enfant. Les rideaux étaient clos. Le spectacle aussi.

Aujourd'hui : adverbe désignant le jour où on est. Définition risible quand aujourd'hui n'est pas un repère mais un simple rappel d'hier, identique à avant-hier et à demain. Le temps fuit aujourd'hui et aujourd'hui fuit le temps. Contrat synallagmatique. Impossible de le rompre! le présent n'est pas plus que le passé et nous, qui aspirons à fondre en lui, écrasés par ses tentacules artificiels toujours tendus vers un avenir imaginaire, n'existons pas non plus. Ombre dans l'ombre des heures, infiniment petit dans l'infiniment grand, aujourd'hui est le jour où je ne suis pas! La bataille des minutes a cessé, tirée par le chariot immobile des secondes, je me retrouve dans un espace amputé de son temps, avec, pour unique indication, le mince fil de la lumière.

Pourtant « aujourd'hui » se détache de ses semblables. Il prend forme, corps, âme et réalité grâce à une nouvelle fonction : la finalité. Je vais quitter ma maison, mes voisines et mon lit d'enfant ; pendant la nuit, l'événement a marqué un grand « E » en travers de mon front et c'est consciente que je descendis les marches de l'escalier, prête à embrasser le tragique et son ami l'ultime. Certes un peu tremblante mais heureuse de l'arrivée d'une nouvelle histoire, oubliant même que j'en étais la substance principale et nécessaire !

La somme des jours accumulés explosait en une formidable soustraction qui emplit la totalité de mon cadre sensible. Il n'en restait plus qu'un, ce jour précisément. Intermède entre l'ennui et l'ennui, je devais le vivre avec beaucoup d'attention afin de conserver quelques bribes de couleurs jusqu'au prochain. Une femme musulmane quitte sa maison deux fois : pour son mariage et pour son enterrement. Ainsi en a décidé la tradition ! Concentrée sur les choses, sur mes gestes et sur toutes mes pensées, je devenais mon propre témoin, et par un effort réflexif, je me regardais étreindre l'aventure. Les objets avaient revêtu le voile de la mort, avant l'heure, j'assistais et participais à de joyeuses funérailles : les miennes. J'enterrais mon enfance pour aller vivre au-delà d'elle, de moi et du connu.

Le salon défiguré par un véritable cataclysme s'est transformé en salle de bal. La mutation du lieu-dit s'est opérée pendant la nuit. L'événement a marqué un autre « E » en travers du rideau protecteur. Poufs, coussins, tables, canapé retirés pour la cause ont laissé libre champ à la perspective qui jongle entre le trompe-l'œil et la réalité avec malice et habileté ; dans ce grand espace, l'auteur de la tragédie n'a pas oublié les personnages appropriés, chacun est à son poste. Centre, coins, recoins, angles aveugles ou voyeurs, meubles mouvants, soie, paillettes, clochettes d'argent sur rythme de déhanchement, chaussures piquantes, bas de résille et bras de chair, volcans d'or sur décolletés moites, faces tricolores des yeux au menton, étincelles de la fête, bouches bavardes, grimaçantes ou figées, profil de singe et de déesses, masques, grimes, parures et paraître, brocards et satin brillant, formes grasses ou transparentes, du joufflu à l'anémiée, l'orfèvrerie est au complet !

Dépliant leurs roues émeraude, affichant pierreries et bracelets d'époque, fières, effacées ou cancanières, les Mauresques occupent la totalité de mon salon. Je ne croyais pas ma famille si nombreuse ! Nièces, tantes, cousines, grand-tantes, plus petites tantes, mères, belles-mères, grand-mères, habilleuses, maquilleuses, musiciennes, mangeuses, voyeuses, pleureuses, toute la palette féminine de l'est, de l'ouest, du nord et du sud d'Alger est réunie en mon honneur. Quel honneur ! Lèvres timides et bouches gourmandes, ventres gras et côtelés, un orchestre désaccordé joue la symphonie bien connue de la basse-cour en folie ! les mâchoires claquent dans l'air trop parfumé tandis que les plus vieilles Sarrasines, accrochées aux murs comme des anciennes tentures ressorties pour la fête, tapent dans leurs mains pleines de corne et de souvenirs.

La tradition est une dame vengeresse contre qui je ne peux lutter. C'était ainsi pour elles, ce sera comme ça pour les autres. Mouvement répétitif qui ne s'enquiert ni du temps, ni de mon refus et encore moins de notre jeunesse. Changement de décor, retour au semblable sur chant monocorde. A ton tour Fikria! Aujourd'hui c'est moi. Moi, moi, moi! Tout mon être porte et supporte l'aventure, je suis sa mère nourricière, l'épicentre, le dépliant touristique que des mains curieuses et interrogatives tripotent dans tous les sens. Froissent. La pierre sacrée que des bouches superstitieuses embrassent. La dernière nuit du condamné. Un porte-bonheur vivant, blanc et orangé dans les paumes avec deux cernes noirs sous les yeux qui rappellent l'ancienne couleur du sexe. Ne voyez-vous pas? Je porte le malheur!

Résignée, fatiguée, écœurée, lésée, blessée sous les aisselles, irritée entre les cuisses, je me laisse faire accueillant sans joie ni 'peine les compliments des anonymes et le son lourd de la derbouka qui gronde pour moi. Caissette à fond ouvert, décorée sur les côtés par des figurines kabyles, voilà la source du rythme ce soir.

Avide de savoir, je m'écarte de la ronde moite pour regarder la coupable. Ma mère valse fière-

ment entre ses amies, ses ennemies, et ses sœurs
d'une nuit, elle a attaché ses cheveux en fines
tresses confinées dans un lourd chignon, la cri-
nière auburn se tient sagement au-dessus de sa
tête comme la couronne d'une reine qui se fait
sacrer. Poudrée de la tête aux pieds, ravigotée
par la proche victoire, extasiée devant le buffet
de la fête, l'« entre-fête » huileux de contente-
ment, ma mère, ma très chère mère fuit mon
regard; elle vole, elle virevolte, elle papillonne,
elle compte, elle additionne, y aura-t-il assez de
couverts, assez de place, assez de joie? elle étincelle comme une pépite au milieu d'une source
vaseuse, gling gling font les bracelets de sa mère
accrochés à des poignets grossiers et à des chevilles frigides, gling gling, font les bracelets qui
tinteront plus tard dans mes mains tremblantes.
La vieille Mauresque soufflée par les gâteaux
trop gras et le désœuvrement a retrouvé sa jeunesse d'antan, ricanant, critiquant, veillant,
jurant, elle tournoie comme une guêpe affolée
autour du miel de la nouvelle histoire, renaissante, elle semble être la mariée d'un soir! tout le
monde est là, oubliant ses formes inhumaines, à
la féliciter. Moi je suis cachée derrière la porte
entrouverte de la cuisine. Personne ne me voit
sauf une petite main grassouillette qui joue avec
les pans de ma robe trop longue : peureuse
Leyla! Projection de moi sur ma mère. Projection
de ma mère sur moi. Je sens mon sexe se huiler.

De peur. La sauterelle enceinte de l'événement sautille autour de ses hôtes en vantant les mérites de sa fille, seule féconde de la maison, « Elle m'aime, elle me respecte, jamais elle ne me décevra, elle embaume comme l'air du printemps » et je réponds « J'embaume comme la frustration embaume les pantalons des hommes de la rue, maman, je te déchiquette de baisers. Et de pensées meurtrières ! ».

Gling gling font les cymbales de ta cuisine. Roturière ! te voilà unie pour la vie à une autre sœur : ma belle-mère ! Grasse sœur ! Toute vieille vêtue, elle a vingt ans de plus que ma mère, un fils adipeux et des chicots dorés qui flamboient dans l'obscurité du salon surchargé dans le Très sombre de mes pensées ; l'arrière-train gondolé par une crinoline orientale, son paquet me semble plus gros, ses hanches plus larges que celles de ma génitrice, à moins que ce ne soit la forme évasée de sa robe qui lui donne une silhouette conique et peu séduisante. Noblesse apparente, cuissardes de cellulite, arriviste endiamantée, sexe verrouillé et œil de vautour, gling gling font les griffes rouges de ma belle-mère sur les assiettes de porcelaine. J'entends mon pouls. Dans toute la maison. Il s'affole. Je le cajole. Mes seins ont mal au cœur. La nuit gronde. La derbouka s'émoustille. Les notes s'accrochent aux rideaux. Le son bave des fenêtres. La fête commence !

128

Une excitée ne pouvant plus se contenir enlève ses escarpins, défait sa chevelure et s'élance sur une piste de danse qu'elle vient d'inventer. Inauguration du manège des monstres. Son ventre « bourreléteux », encouragé par les applaudissements des autres femmes s'agite sous une soie transparente, deux seins en forme de quilles sautent et sursautent entre les broderies du costume traditionnel, la Mauresque professionnelle balance son ventre de droite à gauche, de gauche à droite, puis, ne distinguant plus la gauche de la droite, elle lui fait exécuter un cercle complet au-dessus du carrelage sans tapis ; secoué par les soubresauts de sa compagne, le sexe, lui, s'ouvre devant nous. Ecartèlement de deux petits coussins roux : écrin rugueux d'un élytre carmin. Suant comme un animal traqué par des chasseurs il gesticule, réclame, déclame et clame sa fureur aux mâles libérateurs. Dommage. Leyla n'a pas de pénis. A son grand désespoir ! juste deux jambes arquées en puits à double fond. Dans une chambre inconnue, les Sarrasins, éloignés de leurs dissemblables, égrènent le temps en buvant des petits verres jaunes remplis à ras bord d'alcool anisé. Ils fument, ils parlent fort en se tapant sur les cuisses, ils dansent et se caressent. Dans une antichambre inconnue, mon père négocie l'avenir avec un visage masqué. Etrange croisement de deux alliances étrangères. Les tristes femmes se contentent d'une paire de seins en forme de quilles et rejoignent l'insatisfaite dans une ronde de cellulite et d'amertume. Les plus jeunes rythment la cadence en cognant l'un contre l'autre leurs bracelets d'argent. Les plus vieilles, déjà épuisées, commentent joyeusement le ballet des dames infantiles. Rires, clins d'œil, artifices, simulations, youyous, baisers, frôlements, jouisseuses parmi les jouisseuses, les amantes au sexe déçu s'étreignent les yeux fermés. Appuyée contre un mur, je serre la main de ma petite sœur qui se tient debout une jambe enroulée autour de mon mollet, l'autre en équilibre, et j'observe le triste spectacle. C'est à pleurer! En une danse grotesque, la folie et le désespoir de tout un peuple prenaient corps. Signes symboliques de l'aparté la plus contraignante, la danse et la joie ne mêlaient pas les sexes. Une noce devait être le rappel d'une précédente et l'appel d'une prochaine. Là? noces absurdes et truquées par des femelles-mâles et des mâles-femelles! A son tour, Leyla gesticulait contre mon flanc en manquant me faire tomber. Singe qui singe sa guenon, agacée, je l'envoyais rouler sur le parquet.

Zohr la plante maladive est cachée derrière le buffet encore désert, la laideur a été posée comme par enchantement entre un mur de glycines et une table rectangulaire, mêlée aux fleurs et à la viande, elle ne dérange pas. C'est bien Zohr. C'est bien. Une robe sans couleur assortie à un couvre-chef confectionné dans le même tissu enveloppe le tas d'os qui scintille faiblement grâce à une grosse broche épinglée sur son cœur; la petite tête de fouine velue et anguleuse pointe hors du voile pour surveiller jalousement sa compagne. Recroquevillée dans un panier à cerises, la mort, momentanément assoupie entre ses bras, rêve de l'eschatologie collective laissant ainsi à Zohr quelques minutes de plaisir. Ma sœur tape dans ses mains pleines de veines, raides et roides, sèches et revêches. Claquement de doigts désynchronisé, étranger à la derbouka et aux youyous des femmes excitées, ne rendant que des croches haineuses et froides qui tuent la jeunesse et l'espoir. Zohr n'est pas dupe! Zohr est faible. Zohr est malade. Personne ne la voit. Personne ne l'entend s'acharner comme une démente sur ses ongles et ses phalanges! Fondue au plâtre, elle mastique un bout de viande égaré, son repas pour la soirée et sur ses lèvres aussi givrées que la dalle d'une tombe du grand Nord, je vois courir un petit ver sanguin : un sourire en pleine hémorragie.

Nos regards se croisent, se choquent, se cognent et se figent. Reliés par une passerelle où se creuse un paysage abyssal des deux côtés de la pierre, lien entre le néant et la Vie, jointure entre le logique et l'absurde, nos yeux s'interrogent. Qui est qui? Ses pupilles blanches me renvoient l'image de mon âme gâtée par la soumission. Je ne suis pas dupe non plus. Décédée depuis long-temps de l'intérieur, desséchée de l'extérieur, je suis comme toi Zohr! tu as juste un peu d'avance ajoutée à la pratique, c'est tout! La vie est une voleuse. J'ai dérobé ta place, revêtu tes vête-ments, j'ai fait de ta peau ma peau, de ton sexe, mon sexe. Plus âgée, siyed Bachir aurait dû poin-ter son index sur toi. Et cette odeur de sang qui fume entre mes cuisses, qu'en fais-tu?

La mort a ses caprices que la raison n'a pas!

Le parfum des fleurs blanches lourd et capi-teux tombe sur mes épaules comme le couperet brillant d'une guillotine, les phalènes du mois d'août tournent autour de la reine-soleil en plai-gnant la future voyageuse, leurs ailes énervées par les murs se constituent prisonnières des grappes de glycine, une guirlande tombe à mes pieds, je la ramasse et l'enroule autour de mon cou; moribonde embarquée sur le bateau du jugement, je descends le fleuve Euphrate les bras tendus vers le visage masqué de mon comman-deur. J'ai envie de m'enfuir mais les gardiennes de la forteresse joyeuse sont vigilantes, ravies du verdict final, elles dansent à la gloire du bourreau retranché pour le moment dans une cellule qui ressemble à la mienne. Dehors, j'entends les filles cloîtrées grignoter le cadre de leur fenêtre, enjamber la chaussée, et, comme des sangsues en manque, elles se collent aux trous de serrure de mon âme close. Que voyaient-elles? Une mécanique compliquée de vaisseaux enchevêtrés, d'organes blanchâtres, mous et malléables séparés par une grille inviolable faite dans le fer de l'éternel retour, de l'habitude, du souvenir et de la tradition.

J'ai envie de m'enfuir, Leyla est clouée au sol à jamais, ma mère voulait coudre mon sexe, les cendres d'un cadavre bouchent les veines de Zohr, la derbouka gronde, une femme est indisposée, il y a du sang sur sa robe, Ourdhia s'est fait piquer, mon père à trahi mon secret, siyed Bachir sera vigilant, je n'emporterai pas ma nageuse, elle mourra sur le mur pendant que je mourrai entre les cuisses d'un vieillard. Ma robe est imprimée de têtes de rats miniatures, suivant la cadence de mes gestes, ils sourient ou montrent les dents. C'est selon. L'humeur pendue à l'instant change quand le temps s'étire ou se rétracte, esclave des minutes, j'ai fabriqué une poche entre ma taille et une ceinture à pièces d'or, là, j'entasse le souvenir de mes derniers moments.

Allongé sur un lit de pommes de terre, d'ail, de persil et d'herbes rouges, jambes en l'air, cuisses immobiles, sexes farcis, ventre béant et yeux mi-clos, graisse cirée et chair généreuse, le méchoui attend les doigts dévastateurs. Les moutons décapités en mon honneur dans une baignoire vide puis pleine de sang et de sens, semblent dormir paisiblement loin de la ville, loin de la fête, loin de ma tristesse ; assoupis à l'ombre du temps dans une contrée étrangère dont on ne connaîtra jamais les frontières, ils ne livrent qu'une phrase de leur secret : un corps dérisoirement mort! enfuis par la lucarne des hauts fourneaux de ma mère les esprits valsent dans l'Invisible, et, parfois, arrêtent le rigolo manège du néant pour me lancer quelques fléchettes qui sifflent dans un vent d'ironie et d'amertume. Sous les têtes scalpées, pend une dentelle de sang noir, irrégulière et trouée sur les côtés par un couteau maladroit ; posées en guise de garniture macabre à chaque extrémité des plateaux, elles me regardent avec des yeux fendus de blanc ; « Pauvre Fikria, comme tu es ridicule avec ta robe trop grande et tes petites épaules qui portent le lourd fardeau d'une jeunesse inutile! bilan catastrophique comptabilisant des jours et des jours de tristesse mêlés à des temps morts : tremplin d'une solitude encore plus effroyable, la solitude à deux puis à trois, à quatre, à cinq, à huit peut-être! »

Ce n'est plus du sang qui coule dans mes veines mais des gouttelettes de désespoir! elles tombent du cœur, sillonnent mes entrailles et perlent mon front, elles brouillent l'espace, bouchent l'horizon et rapetissent mon avenir!

Je ne suis plus qu'une fleur sans pétale qui trempe dans un vase d'eau grise, le vase de l'amertume!

Les femmes en nage se sont arrêtées de danser.

La derbouka gronde toujours mais les sons se montrent plus lourds, espacés par un trait de compas visible à l'œil nu, ils marquent un temps d'arrêt pour bien montrer que l'heure est grave. Le glas a retenti dans la maison aux fenêtres closes! Telles des poupées mécaniques, les valseuses quittent le socle tournant pour remettre leurs chaussures; les doigts dévastateurs s'échauffent en claquant l'air d'un air enjoué et s'accrochent au buffet sanglant : la chasse est déclarée ouverte!

Musc, ambre, henné, glycine, jasmin, menthe, anis se mélangent dans les assiettes creuses, fondent dans les jarres en terre cuite, se boivent dans des gobelets multicolores; le muscat orne les plateaux de cuivre, les galettes de sarrasin s'émiettent sur le carrelage, guirlandes argentées, citrons pressés, sourates du Coran, perles de sueur, pots de citronnade, semoule, thé, café, grains, huiles, sel de mer, poudre poivrée, poivrons farcis, aisselles odorantes, étoffes, soie, chevelures détachées, joie, rires, couverts cristal, un voile de parfums, d'images, de gestes et de paroles récoltés se dresse entre Zohr et moi, entre moi et Zohr. La plante maladive observe le massacre, et toujours et toujours, personne ne la voit.

Les mains expertes saluent au passage les têtes criblées d'ail pour se disculper, plongent dans une coupelle d'eau sacrée puis se balancent dans le vide comme les ailes d'un vautour au-dessus des cercueils ouverts ; impatients mais gênés par l'abondance, les doigts dévastateurs bénissent les chairs étalées, mortes, gisantes dans la sauce entre des bouquets d'herbes odorantes, ils hésitent, contournent, volent, survolent, évitent, dévient, jouent avec un brin de persil, grattent un bout de nappe, pincent une anse de tasse : indécent festin dans le pays du manque, indécence d'une tombe violée.

Emportés enfin par la faim, ils s'abattent sans retenue sur les sépultures ouvertes au public remuant terre et pissenlits, farfouillant sous la dalle déplacée, exposant à la lumière les chairs les plus intimes. Un essaim d'ongles vernis s'engouffre dans l'obscur paysage d'un ventre béant, butte contre une peau tendue par la cuisson, explore les parties les moins appétissantes et s'accrochent désespérément à un croupion farci de boulettes généreuses.

Après avoir macéré dans la sauce, le sang, la chair et la graisse, les doigts rougis par les épices transportent vaillamment leurs proies au fond d'une gorge froide ; croqueuses de morts, les Mauresques affairées mastiquent les viandes trop cuites et d'un coup de langue fourchue, elles happent les petits bouts de cadavres accrochés à leurs lèvres « pneumatiques ». Agglutinées autour du cercueil rectangulaire, elles se bousculent, lèchent, trouent, déglutissent, s'étouffent, arrachent, cisaillent, sucent, s'aspergent, découpent, s'abreuvent, et dans un rot commun, elles digèrent la mort!

Les diamants se perdent dans la garniture, les bracelets rayent les plateaux, les soies se tachent, des mains veinées transpercent les fourreaux de peau et les moutons dépecés se redressent au-dessus de la dalle comme des moribonds hagards.

Pendant ce temps, les enfants, anatomistes macabres, se fabriquaient des jeux d'osselets.

Le festin terminé, je regagne ma chambre pour revêtir ma robe de noces. La dernière robe. Enfilée dans une chambre d'enfant, elle se froissera plus tard sur un fauteuil inconnu à l'ombre des soupirs et du cri final, comme le témoin critique de deux instants étrangers : avant. Après! Elle est longue et mauve, bouffante sur les avant-bras, elle s'évase au niveau des mollets. Un volant bordé d'une ligne noire achève sa coupe, des fils d'or jaillissent de ses fronces élastiques. Elle n'est pas vraiment belle mais, à peine mise, je lui trouvai un attrait irrésistible. Elle recouvrait les derniers frissons d'un corps peureux et dans ses plis, se recroquevillaient la tristesse, la crainte et le regret. Les coutures contenaient à elles seules mes émotions, sa forme large et son air flou protégeaient mes pensées du passé. Je savais que, en la rangeant dans l'armoire de ma nouvelle chambre, elle évoquerait inévitablement le souvenir d'un présent proche! je faisais de cette robe une seconde peau, un double de mon corps qui continuerait à vivre ; accrochée à un cintre, scalpée de sa tête, animée par des formes vides, imprégnée d'une vieille odeur, je faisais d'elle ma deuxième mémoire !

Il me reste encore quelques minutes pour contempler ma chambre. Je me concentre sur les objets afin d'extraire un détail, un défaut ou une qualité, une odeur ou une couleur, un petit rien que je garderai jalousement au fond de moi jusqu'à la fin des temps !

Les rideaux, le tabouret, mon lit de jouissance, le cabinet de toilette, la petite lampe cruelle, toutes ces choses insignifiantes prenaient corps et me questionnaient. Sentimentale, je répondais en leur attribuant des sobriquets affectueux. Ornements de ma solitude, complices inanimés, voyeuses, supports de l'imagination, je les couvrais de baisers et, par un frôlement de main, mes objets devinrent lumières éclatantes ! Je falsifiais mes souvenirs, et tout ce que j'avais maudit se groupaient dans l'instant présent en un bloc d'émotions.

Affublée d'un nouveau titre, je devais quitter ma chambre d'enfant. Tirée par l'avenir, écartelée par le répétitif et la tradition, je gisais déjà dans les regrets ! Ces heures d'ennui, cette odeur d'hôpital, la serre poussiéreuse, ces mains invisibles qui me dérangeaient la nuit, la fenêtre trompeuse, le carrelage froid puis réchauffé par le soleil de la première aube, ma petite nageuse, le bus qui ne vient pas, la chaussée encombrée, les minutes qui s'accrochaient aux rideaux... dans un tourbillon d'images banales, tout revenait méthodiquement et je pleurais déjà mes ennemis ! Embellies par une mémoire peu fidèle, les vieilles reliques étincelaient dans la chambre des mille et une peines ; je les déclarai témoins privilégiés de mon enfance et les envoyai sur la chaire de Dieu pour qu'elles soient sanctifiées !

Comme un animal qui desquame je leur laissai en cadeau ma première peau, mon être et ma respiration.

Les femmes de la fête gloussent dans l'escalier. Ma mère se précipite dans ma chambre sans frapper, son odieuse présence balaye subitement toutes mes pensées. Les dernières images d'une réminiscence truquée mouraient sur le carrelage. Il va bientôt faire nuit. Tante K. empoigne ma chevelure et la lisse une dernière fois avec l'indélicatesse commune à toutes les femmes de son gabarit. Zohr applique une couche de vernis rouge criard au bout de mes doigts, sous sa peau, on entendait la mort galoper. Les trois femmes accélèrent le temps. Une petite fille grimée tirait sur sa robe pour cacher des mollets trop maigres. Elles ravivent le maquillage, estompent les défauts juvéniles, rehaussent le teint, accentuent la dureté avec un fard sombre, deux points de henné marquent mon front comme le fer rouge marque les moutons, et dans mes veines, mon cœur se rebellait.

L'or se mêle à l'argent, mes poignets carillonnent sous le choc des matériaux étrangers, des pierres brillantes sont pendues à mes lobes rougis par la pression des sangsues précieuses, un collier d'agates entoure mon col, mes chevilles sont entravées par des bracelets de corail, une croix du Sud se balance entre deux pousses de chair asymétriques. Je pense à Ourdhia et je pleure. Zohr dit que c'est à cause du khôl! D'autres femmes se joignent à nous, ravies, elles contemplent la mariée et ses parures, félicitent une fois de plus la génitrice et tendent leurs mains vers mon visage méconnaissable. Elles caressent le tissu de ma robe en oubliant qu'une enfant respire dessous ; quand les doigts dévastateurs rencontrèrent mes hanches trop étroites — dessin d'une amphore inachevé — je respirai une nouvelle odeur : le parfum de la gêne et de la confusion. La tromperie était visible, mais personne n'osa plaindre la petite fille. C'était ainsi. Elles en avaient voulu à leurs mères mais le temps brouille la mémoire, et d'autres filles se préparaient dans une chambre d'enfant.

Pareilles à des lascives pleureuses, les Mauresques récitèrent les premières sourates du Coran pour se faire pardonner d'un Dieu trop lointain qui les méprisait et pour la première fois une voyeuse se sentait regarder, mais il était trop tard ! de l'autre côté de la mer, des cloches célébraient les funérailles d'un nouveau-né.

Grâce à toi maman, je serai une épouse parfaite

pour siyed Bachir. Je saurai disparaître au bon moment, cachée dans la cuisine, je retiendrai mes larmes et mes jambes qui auront envie de courir dans la forêt, un sourire sera là, comme une mouche accrochée à un bout de viande avariée, figé sur ma bouche, il égayera faussement le visage que tu m'as donné, j'attacherai mes cheveux à ta façon, couvrirai mes épaules avec le voile de la pudeur et du respect, les années passeront sans vraiment passer, mes hanches porteront les fruits de la nature, j'assouvirai les désirs de mon époux, même sur le carrelage d'une petite cuisine aveugle, je me cacherai quand il dînera et pleurerai quand il s'endormira, mon sang honorera le sang de notre famille et je ne crierai que de douleur. Cette douleur qui ne sera plus mienne! J'ai retenu la leçon, mon sexe est rasé, mes seins sont presque prêts, j'ai effacé les derniers vestiges d'un long sanglot, je sais faire les gâteaux, j'ai oublié mes craintes et mon ennui, les fenêtres seront closes, mon esprit aussi, pas de souvenirs, pas de regrets, je prierai Dieu de me pardonner, et refrénerai mes ardeurs! J'oublie que je ne suis qu'un ventre reproducteur et je garde précieusement tes bracelets pour mes pauvres petites.

Le soleil supplante la tristesse. La nuit endort l'angoisse. Merci maman!

Escortée par les femmes, je descends l'escalier en prenant garde de ne pas trébucher. Voilée, il ne me reste qu'un œil pour compter les dernières secondes qui me transportent vers le dernier instant. La sève de l'aventure coulait des murs, et des larmes opaques roulaient à ses pieds. La porte d'entrée s'ouvre. Une phalène suicidaire brûle ses ailes sur une braise. J'entends le portail grincer, une camionnette transformée en jardin ambulant attend. Au centre de l'événement, je m'avançai dans la nuit, borgne et résignée vers le véhicule de la mort. Au premier étage, derrière une fenêtre close, une petite main agitait un drapeau blanc. Zohr se déchaîne sur la derbouka, les femmes lancent un dernier cri de joie qui réveille les dockers du port. Poussée par ma mère, je m'engouffre dans l'antre métallique ; j'eus seulement le temps de capturer un regard accusateur et une porte noire se refermait sur mon voile. Une ampoule accrochée au plafonnier éclaire la caissette à fond fermé, des guirlandes de roses et de glycines recouvrent la banquette à deux places, les vitres sont condamnées par des cartons triangulaires, une plaque de fer me sépare du chauffeur. Une secousse ébranla le moteur, et, encerclée de fleurs, je me dirigeai vers une nouvelle histoire.

Derrière la camionnette, une cohorte de chiens suivait.

DU MÊME AUTEUR

Aux Éditions Gallimard

LA VOYEUSE INTERDITE, *roman*, 1991 (Prix du Livre Inter 1991)

POING MORT, *roman*, 1992

COLLECTION FOLIO

Dernières parutions

3814. Mary Gordon	*La petite mort.*
3815. Angela Huth	*Folle passion.*
3816. Régis Jauffret	*Promenade.*
3817. Jean d'Ormesson	*Voyez comme on danse.*
3818. Marina Picasso	*Grand-père.*
3819. Alix de Saint-André	*Papa est au Panthéon.*
3820. Urs Widmer	*L'homme que ma mère a aimé.*
3821. George Eliot	*Le Moulin sur la Floss.*
3822. Jérôme Garcin	*Perspectives cavalières.*
3823. Frédéric Beigbeder	*Dernier inventaire avant liquidation.*
3824. Hector Bianciotti	*Une passion en toutes Lettres.*
3825. Maxim Biller	*24 heures dans la vie de Mordechaï Wind.*
3826. Philippe Delerm	*La cinquième saison.*
3827. Hervé Guibert	*Le mausolée des amants.*
3828. Jhumpa Lahiri	*L'interprète des maladies.*
3829. Albert Memmi	*Portrait d'un Juif.*
3830. Arto Paasilinna	*La douce empoisonneuse.*
3831. Pierre Pelot	*Ceux qui parlent au bord de la pierre (Sous le vent du monde, V).*
3832. W.G Sebald	*Les émigrants.*
3833. W.G Sebald	*Les Anneaux de Saturne.*
3834. Junichirô Tanizaki	*La clef.*
3835. Cardinal de Retz	*Mémoires.*
3836. Driss Chraïbi	*Le Monde à côté.*
3837. Maryse Condé	*La Belle Créole.*
3838. Michel del Castillo	*Les étoiles froides.*
3839. Aïssa Lached-Boukachache	*Plaidoyer pour les justes.*
3840. Orhan Pamuk	*Mon nom est Rouge.*
3841. Edwy Plenel	*Secrets de jeunesse.*
3842. W. G. Sebald	*Vertiges.*
3843. Lucienne Sinzelle	*Mon Malagar.*
3844. Zadie Smith	*Sourires de loup.*
3845. Philippe Sollers	*Mystérieux Mozart.*
3846. Julie Wolkenstein	*Colloque sentimental.*
3847. Anton Tchékhov	*La Steppe. Salle 6. L'Évêque.*
3848. Alessandro Baricco	*Châteaux de la colère.*
3849. Pietro Citati	*Portraits de femmes.*

Impression Brodard et Taupin
à La Flèche (Sarthe),
le 10 novembre 2005.
Dépôt légal : novembre 2005.
1er dépôt légal dans la collection : avril 1993.
Numéro d'imprimeur : 32816.

ISBN 2-07-038730-5 / Imprimé en France.